岩边的禅院

七月 著

人民文学出版社

图书在版编目(CIP)数据

岩边的禅院/七月著.—北京：人民文学出版社，2021(2021.4 重印)
ISBN 978-7-02-016455-4

Ⅰ.①岩… Ⅱ.①七… Ⅲ.①幻想小说-中国-当代 Ⅳ.①I247.5

中国版本图书馆 CIP 数据核字(2020)第 119921 号

责任编辑　卜艳冰　张玉贞　李　翔
封面设计　钱　珺

出版发行　人民文学出版社
社　　址　北京市朝内大街 166 号
邮政编码　100705
网　　址　http://www.rw-cn.com

印　　刷　山东新华印务有限公司
经　　销　全国新华书店等

开　　本　890 毫米×1240 毫米　1/32
印　　张　6.5
字　　数　120 千字
版　　次　2021 年 2 月北京第 1 版
印　　次　2021 年 4 月第 2 次印刷

书　　号　978-7-02-016455-4
定　　价　45.00 元

如有印装质量问题，请与本社图书销售中心调换。电话：010-65233595

一

阴雨蒙蒙。

没有带伞，杜宇整个人缩在罩衫的兜帽里，一米八的个子套着棕灰色的外套，远远乍一眼看上去，像是一头熊。

雾笼岩山高林幽，这样阴雨朦胧的大清早，若是行路的人在山道边见到杜宇，怕是要吓出一身汗，胆子要是小点，第一反应可能是夺路而逃。好在这地方平日里荒凉得很，整整一座山，除了顶上那座悬在崖边的禅院外，既没有人，也没有去处。这已经是路的尽头，再往上，只有一条通往禅院的索道，就连索道缆车也只能通到崖边，然后就靠人自己沿着那嵌在陡崖半空的栈道走完剩下的半程。

除此之外，那悬空禅院既没法进，也没法出，就连直升机在山上也找不到一处可降落的平台。

杜宇一阵心乱如麻，习惯性地伸手想要从胸口处掏出烟来，摸了两下才想起自己已经戒了大半年，胸前口袋早就空空如也。

他看了下表，还有十分钟就八点半了，缆车很快就要来了，但自己的摄影记者还没见到影子。要知道通往禅院的缆车每天只有两趟，早上八点半一趟，下午六点半一趟，如果错过了这早上一趟，那这一天时间就都耽搁了。

雾笼岩整个山上都没有手机信号，更别提什么4G网络，这下子那新来的摄影记者电话、微信都联系不上，也不知道她是什么情况，能不能及时赶到，该死！

杜宇往上望了望那孤立在悬崖上的禅院，顺着缆车索道望上去，隐约可见嵌进岩壁的栈道，几乎无处可立足，禅院的山门隐在山势之后，被山林掩着。这孤独幽静的景象勾起他的忧虑，杜宇深深吸了一口气。自己已经在盘山路的尽头，沿着朝下的山路望下去，这里离最近的公路也有四五公里远，山路没法开车，光从山脚爬到这里就要小两个钟头。他觉得那新来的女摄影记者没赶来也许是好事儿，这个调查本来就该他自己一个人去。

那不是一则"普通新闻"，从杜宇在网上瞥过那一眼开始，他就知道不是。

杜宇是一名记者，拿正规记者证，受国家法律保护的那种。虽然他年纪刚过三十，但在业内已颇有名气，做过好几个有全国影响力的深度报道，奖也拿了不少。作为一个半路出家，甚至都不是学文科出身的人来说，这已经是让人佩服的成绩了。不过干到他这个水平，想要再有突破，除了能力，更重要的是能追到什么样的新闻。为了写出有价值的报道，他一年大半时间都在全国各地"瞎跑"。这个线索是他在网上看到谣言以后，自己抽丝剥茧才理出来的，他相信也许这个线索的另一头，就是自己多年来想要的那个突破了。

正在他心思浮动的时候，头顶上的索道钢缆动了起来，抖落下一串豆大的雨滴。雨滴从缆绳几十米高处砸下来，落在树顶，激得一连串的矮树都动了起来，树叶上成片的积水抖落下来，哗啦啦地迎面打下来，淋了杜宇一身。

杜宇骂了一句。缆车缓缓地爬下来，又过了五分钟，才终于停在了站台上。缆车不大，是开放式的，一次最多只能容下四个人。这里不是景点，平时只有禅院的人偶尔上下，这边站台的地面也没有操作人员。停留五分钟之后，缆车就会自动上行。杜宇看了看满被雨水打湿的座椅，伸手胡乱抹了几下，爬了上去，关上门。

这山上也不知道该算作雾还是云的东西这时候被风裹挟着，漫了上来，很快能见度就不到十米，稍微远一点就看不到了。杜宇突然听见从山路下面传来一声大喊，是一个年轻姑娘气喘吁吁的声音："等一下！等一下我！

不要开！"

杜宇一愣，这才看见一个摄影包从雾气里冲了出来，浅色的衣服陷在白雾里像一阵风，直到人跑进缆车站台停下，他才看清对方的样子。姑娘一头短发湿淋淋地贴在额头，黑色摄影包在胸前起伏不停，她一把拉住缆车的门，停下来喘息了足有半分钟，才开口说话："杜……杜老师，不好意思，来晚了。"

眼看缆车就要启动，杜宇赶忙打开缆车门，把姑娘拽上来。年轻姑娘一屁股在对面坐下，又歇了半分钟，直到缆车开始离开站台上行，两个人悬入半空，她终于才有了力气说话。

"杜老师，初次见面，实在……实在不好意思，因为想到要跟杜老师这种大神级别的老师合作，我昨天太激动了，结果晚上看资料看得太晚，然后一直在床上翻来覆去想这个事情，就一直没睡着……呼……最后早上闹钟响都没听到……第一次跟杜老师合作就这么失礼，实在是……对不起！"姑娘猛地从缆车上站起来，对着杜宇就是一鞠躬。缆车本来重量就不大，她这猛然一动，缆车在半空中突然就晃了起来，吓得杜宇赶忙伸手拉住她的胳膊，把她按了下去。

"没事儿，没事儿，悬空的，你别动来动去！"杜宇脸色发白，姑娘倒是吐了吐舌头，嘻嘻一笑，"方七，对吧？别总是一惊一乍的。什么大神不大神的，不要捧杀我了。"

杜宇这时候才认真打量起方七的模样。方七是这边合作单位给自己找来搭档的摄影记者，自己千里迢迢跑来这边，第一次见面，自然是初次合作。方七很年轻，模样俏丽，短发，睫毛细弯，眼睛忽闪忽闪的。多半是因为昨晚真没休息好的缘故，她坐下没两分钟就困意袭来，忍不住打了一个又一个大大的哈欠，两眼一下子变得泪光盈盈。

一时间，杜宇突然有一种诡异的感觉，仿佛自己曾经见过方七，见过她这副模样，像是某位自己的旧识。他差点儿脱口而出："我是不是在哪儿见过你？"但最后忍住了，只是看着这姑娘发呆。

大概过了有三四分钟，方七打完哈欠睁开眼的时候，正见到杜宇盯着自己看，脸微微红起来。

这一下子杜宇觉得很尴尬：狭小的缆车里面，孤男寡女两个人，方七衣衫轻薄又潮潮地露出身体曲线来，年轻的后辈面颊绯红，泪光盈盈，怎么看都像是自己做了什么不可描述的事情。

他赶忙咳嗽一声，大声问道："你刚才说自己看了一晚上资料，一直在想这个事情，那你有什么想法么？"

"这个……杜老师您这么资深的记者，肯定有自己特别独到的见解。我只是有一点儿不成熟的想法……就是这个事情吧，我觉得里里外外都特别蹊跷……"

方七说得毫不遮掩，其实谁都能看出来，确实特别蹊跷。这个特别蹊跷的事情，最开始见诸报道的发端只是一场意外。

上个月,雾笼岩出了一起事故,一位四十多岁的中年妇女从山上跌落,受了重伤。好在事发时坠崖处有人经过,赶忙拨打了急救电话,把伤者送到了镇上的卫生所。因为伤势危重,镇上的卫生所实施急救之后将她转往了市里的医院,又在ICU抢救了四十八小时,那妇女才脱离了生命危险。

伤者的身份确认很简单,她身上虽然没有身份证,但有一张雾笼岩"岩边禅院"的"修行卡",上面标明了她的名字,还有身份证号。伤者名叫杨华明,四十五岁,浙江舟山人,是名身家足有三十多亿的浙江女商人。一年前她从商场退了下来,千里迢迢来到这个荒无人烟的雾笼岩"岩边禅院"修行。

本来这只是一起安全事故,撑死了算是"岩边禅院"安全责任管理不到位。如果按严格的法律的说法,这事件顶多是个自诉案,杨华明上下都没有亲人,在她意识清醒之前显然是没人闹起来的。

直到她开始恢复意识,事情才开始变得蹊跷起来。

杨华明清醒过来之后,第一时间不是问自己的身体情况、发生了什么,以及跟安监局的调查员弄清楚自己是怎么出的事。不,她对这些东西全都不关心,她只关心一件事情,那就是自己为什么不在禅院。刚一清醒,她就挣扎着要回禅院。考虑到她的身体情况——刚从ICU里出来,多处脏器衰竭,而且身上多处粉碎性骨折,根本连动弹都困难，杨华明这种不管不顾要出院的行为怎么看都是疯了。

无论医生怎么劝，她都不听，一个劲地只是挣扎。最后医生不得不强制性地增加了镇定剂用量，就像制服狂躁症患者一样，让她暂时稳定了下来。但毕竟医院不是强制机关，杨华明病情稍微稳定之后就强行出了院。在岩边禅院工作人员的帮助下，她回到了那个悬在崖壁半空、自己掉下去摔没了大半条命的禅院。

因为杨华明拒绝提供事故的相关信息，安监局很快也停止了对事故的调查。

"我觉得吧，"方七说，"这事情有几点很可疑。"

"你说。"

"首先，很明显，就是这个受伤的富婆阿姨，跟这个'岩边禅院'的关系，很……扭曲，感觉上有一种……怎么说呢？好像离开这个地方就活不了的感觉。如果是正常人，在一个地方出了这么大的事故，肯定第一个是要看自己是怎么出的事故，弄清楚怎么回事。就算完全是自己的责任，那按人之常情，也会觉得这个地方跟自己犯冲，不吉利，肯定会有多远躲多远吧。但是这位富婆阿姨不光是连到底发生了什么都不说，自己都摔成那个样子了，伤都没好，就非要去禅院，而且好像是必须马上回去，一刻也离不开那里，这个就太……诡异了吧？

"我也看过这位富婆阿姨杨华明的资料，她之前拥有的公司资产超过三十亿。然后这些资产在一年时间里，也就是她到了这边禅院之后，陆陆续续都置换成了可流动的资金。几笔交易我也大概看了一下，虽然我是不太懂啊，不过好像损失都不小。虽然说从固定的资产变成能流动的资金肯定是有损失的，但是就我的感觉，损失也太大了点。她要这么多流动资金干什么？然后这些资金拿去做什么了，这是很奇怪的地方。

"所以将这些资料放在一起看，这个雾笼岩的'岩边禅院'就显得……怎么说呢，我也不太敢胡说啊，都是瞎猜……"方七抓玩着手上的相机包，有些犹豫地看着杜宇，变得吞吞吐吐。

"说呗，我们既然是来采访调查的，肯定要有自己的立场，有什么不好意思的？"杜宇说。

"从这些事情上来说，我觉得这个'禅院'很古怪……感觉像是……"

"像是高级诈骗。"杜宇帮她说了。

雾笼岩的雾追着缆车，越涨越高，像这山的名字一样，就像笼子一样把整座山罩住。缆车已经快到终点，下了缆车，走过栈道，就能进到禅院里。

雾来得太猛了，如果缆车不再快一点，自己和方七不跑快一点，栈道连同整个禅院都会被雾淹没，在这半悬空的崖壁上，连落脚点都看不清，是非常危险的。

这样的风景对有些人来说，是仙境，但在杜宇看来，这更像是妖怪出没的魔窟。

正如方七姑娘说的那样，这整个事情太过蹊跷，但方七知道得还太少，经历得也太少，绝不可能想到他所担心的那些地方去。

杨华明是怎么掉下去的？这个女强人没有父母，没有丈夫，没有儿女，甚至连一个近亲都没有。如果她"意外坠亡"了，她那些变成流动资金的十亿多钱财会去哪里？

这已经是一个令人毛骨悚然的猜想，他没有告诉方七。

不过，这并不是杜宇千里迢迢、仅从两句网上的谣言就开始背景调查、抽丝剥茧地追踪这件事情的真正原因。

杜宇的掌心微微出汗，努力阻止自己的记忆从深处翻腾起来，控制住他的心神。

缆车滑过最后一个吊塔，慢慢进了站台。在浓雾里，杜宇看到站台上一个模模糊糊的人影向他们靠近，那是来接待自己采访的禅院工作人员。

杜宇半站起来，向方七凑了过去。缆车摇晃了一下，方七见他突然凑近自己的脸，先是一惊，但见到他严峻的表情，便没有动。杜宇凑在她耳边，轻声说道："记者的职责是揭露真相，但首先我们要保护好自己。进去以后，不管发现什么不对劲的事情，一定要保护好自己的安全再说，不要以身犯险。"

也不知道方七明白了他话里的几分意思，姑娘年轻俏丽的脸上先是眼睛瞪大，只是片刻，她目光一凛，对着杜宇缓缓地点点头，没有说话。

这边的单位给了自己一个非常不错的搭档,他暗想。

可惜,自己对她说了谎。从进到这里开始,自己已是亲身涉险,这姑娘现在就被牵扯进来了。

他并不觉得良心不安,给他一百次机会,他也会这样做。不管把谁拉下水,杜宇也不会有一丝犹豫。

雾笼巨岩,整座山上一臂之外已经看不见任何东西。杜宇拉开缆车门,跳了出去。

二

迎接两位记者的是个中年工作人员，穿着禅院的藏青色制服。制服是新中式裁剪，贴身硬朗，右胸口绣着一朵莲花，很符合这种地方的调性。按他们业内的说法，这叫古典传统和现代性的结合。男子显得干练清爽，露出高端私人会所才有的严谨而又平淡的迎宾表情，一看就明白这禅院非常不便宜。

"杜记者，方记者，二位晨安。"男子略一低头，伸出手来与他们握手，"我叫张辰，奉院长之命在这里给二位引路。"他右手手心干燥，握手有力，给人一种安定的感觉，在这样的天气里能这样，感觉下过不少功夫。

"哦？"杜宇露出意味深长的微笑，"看来院长对我们的采访还是很重视的嘛。"

"每一个对禅院有兴趣的人，我们都非常重视，不管是做什么的。"张辰的对答滴水不漏。这样既不显得禅院为了来访的记者做了粉饰，也不显得轻慢，杜宇微微一笑。"这边请，这里每天清晨雾大，前面的栈道请小心。"

张辰引着两人踏上栈道，他走在最前面，步子很稳，虽然没有出声提醒，但光用动作就告诉了这两人要怎么走才安全。栈道狭窄，勉强只容一人，杜宇让方七走在中间，自己走在最后，免得方七踩滑。张辰边带路边介绍道："这个栈道最早是唐朝时候修建的，用作行军，当时是在悬崖上凿出凹槽，用木头插入岩壁作为道路。后来栈道失修，直到清末才重新修复，也就是那时候，才修了禅院。我们院长觉得这里环境优美，适合开发，才与政府合作，把当时的旧址修缮起来，扩大了规模，把整个禅院周边用现代技术进行了加固建设，经过相关部门的审核，也消除了安全隐患。"

张辰话里话外就开始打埋伏，杜宇和方七耳朵里听着，两眼顺着栈道望着远处的禅院，禅院掩在漫山松柏当中，红墙自然是沾满斑驳苔色，初看像是古早的土墙，但细看就知道这东西是混凝土浇筑之后，打过两次防潮隔热层，最后再用古法粉涂的，剥落虽然自然，但只限于表面，没有出现土墙潮侵的鼓包。正如张辰所说，这都是用现代科技巨款打造的。

"你们在这种地方修这么大一个禅院，要花不少钱吧？投资大么？"杜宇问。

"这我就不懂了。可能不少吧。"张辰说。

"这里环境确实是好，来你们这里修行的话，怎么收费呢？感觉也不便宜吧？"杜宇说，"之前我倒是在你们网站上查了一下，不过那东西说得云山雾绕的，就是没说要多少钱。"

"哦，不不不，我们这里修行是不收费的。"张辰说。

杜宇一笑，方七也嗯了一声，回过头来与杜宇交换了一个眼神。免费的才是最贵的，这是如今人人都懂的道理。

"不收费？不要钱？那要是我给你说，我想要来这里修行，不要钱就可以直接来？"

"如果杜记者您真想来我们禅院，我们当然是欢迎的，不要钱。"

"嗯？不要钱就是，白吃白住，然后你们还有修行的课程啊什么的，对吧？都不要钱？"杜宇问道，"不是吧？还是修行课程不要钱，但是要缴食宿费什么的？就像会所游轮那种，买票送项目，对吧？"

"不不不，都不要钱，吃饭、住宿都是不收费的。我们这里也没有那种几种档次的房间食宿待遇，修行就是修行，不是……您说的那种。"

山门就在眼前了，几丛青竹从门墙上冒着头，微风下朝他们轻点。"那你们这么大一个禅院，不说前期投入这么大，就光是院里人的饮食开销，总得有进项吧？总不能说你们院长是菩萨显灵，自己掏钱来普度众生吧？"

"我们不是佛教的禅院。"张辰说。

"我知道。但是……"

"具体的这些事情，您就得问我们院长庄博士了。"这个八面玲珑的家伙温和地笑道，"您的问题，我相信庄博士都会给您满意的回答。"

杜宇点了点头："那是自然。"

这时候听见接连咔嚓的快门声，方七掏出相机来，对着山门连拍了几张。杜宇这才注意到走过栈道这二十多分钟的时间，太阳又露了出来，云雾之气已经被压了下去，浪涛一样漫着山势拍打在禅院的岸上。

"庄博士？"杜宇突然又想起了什么，他知道院长叫庄耀，但并没有注意到他的学历。在这么个地方，称呼"博士"，非常奇怪。这种地方叫什么庄先生、庄老师，甚至什么庄先师、庄半仙，都不奇怪，但叫庄博士，让人想到的倒是明清小说里茶铺端茶倒水的茶博士。

"嗯，庄博士，我们院长在哈佛大学拿的医学和心理学博士学位。"

杜宇没有说话，方七倒是闻言一惊："这么厉害？"

张辰上前一步推开了山门，伸手往里一让，说道："二位请。"

进得门来，迎面是一堵影壁，壁上浮雕着雪莲，样式和张辰胸口处的一样，想来是禅院的"标志"。这倒是现代化得很，传统上中国无论是商家店铺，还是学院府衙，都是有字无图，LOGO这种东西，是这几十年来从外国学来的。张辰胸口处的雪莲较小，这影壁上的图大得多，细节就纤毫毕现了。杜宇仔细一看，发现整个莲花由无数大大小小的星点组成，疏密相间，站远了看是雪莲，走近来看莲花渐渐隐去，竟如星空点点一般。

杜宇上前看得仔细，就听到身后传来一个低沉悦耳的男中音："怎么，杜记者对我们的标志有兴趣？"闻声回头，杜宇和方七迎面见到一个穿着宽松大褂长袍的男子大步流星朝他们走来，正朝他伸出手来。

"欢迎欢迎，鄙人庄耀，这个小院的负责人。小地方琐事繁杂，二位记者大驾光临，未曾远迎，多有怠慢。"庄博士中等个头，说话用词拿捏得像是从老书里走出来的。只见他挥手示意张辰退下，张辰向两位点头示意，转身离去了。也不等杜宇说话，庄博士就笑道："怎么，两位觉得这标志可有意思？"

不知为何，杜宇看到星点雪莲有点神情恍惚，他突然有一种应该是头一次见到，但又确信自己过去什么时候绝对已经见过这东西，不光眼前这幅画面，连庄博士这句话都好像听过一样的感觉。

Déjà vu，他听见一个声音，脑子里微微一阵眩晕。他问道："这雪莲倒是奇特，有什么含义？星空？"

"是，也不是。"庄博士笑道，"这是艺术化的脑神经脉冲图谱，是我们人脑功能的艺术展现。但也就像您说的那样，如同宇宙的星空。当然，艺术化嘛，做得像雪莲一样，漂亮一些，要不太抽象了。"

方七一边拍照片，一边轻声赞叹，说道："《我的心略大于整个宇宙》。"

庄博士和杜宇听了这话都不明所以地望着方七，方七有些尴尬，解释道："不是不是，我不是说我的心略大于宇宙，我是从你说的话想到一本书，这是一个葡萄牙诗人的诗集的名字。"

气氛反而更尴尬了，庄博士笑了笑，自嘲道："文学方面的东西我懂得少，没读过多少书，两位不要见笑。来，里面请，我们在办公室里聊。"

跟着庄博士，两个人绕过影壁，这才算是进到了禅院里面。禅院依旧制改建，是传统中式院落的格局，每进四面环廊、中间院落，似乎又依着苏式园林的范式做了装点，每进院落虽然不大，但显得幽静深远。杜宇两人跟着庄博士从一边穿过，见到有两个人在正院内清扫。两个人都穿着宽松的布衫，不像张辰那样衣着紧身干练，拿着老式的扫把迟缓地左一下、右一下。听到脚步声，他们抬起头来，与杜宇四目相对，停下了手中的动作。

杜宇虽然和他们四目相对，却发现两个人的神色都颇为呆滞，虽然看着自己，但表情空洞，好像他们并不在这里，也没有看到自己，只是眼珠随着自己的行走机械地动着。突然，两个人都对着杜宇露出了僵硬的笑容，杜宇只觉一股寒意顺着脊椎爬上来，自己却挪不开眼睛，方七在他身边也打了一个冷战，像是白日见到了幽灵一样，紧跟上一步，贴在杜宇身后躲了起来，杜宇也是很自然地护住了她。

庄博士见他们神色不对，转头看了那两个人，摇摇头。他抬手击掌，口中突然发出两声怪声。一听这声音，那两人回过神来，像是惊醒一样，眼神灵动了起来。庄博士责备地看了看两人，他们羞愧地低下头去，手上的笤帚动作也快了起来。

庄博士轻轻摇头，叹了口气，也没有说话，加快了脚步。杜宇紧两步跟上，搭话说："看来贵院的管理比较人性化啊，工作人员平时事情不多吧？"

庄博士没有回头，答道："那两位不是工作人员，是在我们禅院修行的居士。"

听了这话，杜宇和方七都是一愣。杜宇眉头一皱："看来之前那位小哥说的是真的，来你们这里修行不用给钱，吃住免费，但是看来得在这里干活？"

说话间，他们走到了庄博士的办公室所在，房间门上贴着一个红色的花牌，除此之外并没有特别的标记。庄博士推开门，迈进高高的门槛，把两个人都让了进来，这才笑着说："哈哈，看来要给你们解释我这个禅院，还是要费点力气呢。"

"那干脆就从刚才这个开始解释吧。"杜宇一边环顾这间办公室，一边单刀直入地说，"首先来你们这里修行的客人，是吃住免费吧，但是看样子他们肯定是要付出一些代价，比如打扫卫生什么的，从之前那位工作人员的话和庄博士您刚才说的这些来看，应该是这样，没错吧？"

杜宇一边说着，一边掏出了采访机，放在房间中央的办公桌上。庄博士看了看采访机上面亮着的灯，对着杜宇又是微微一笑。

"不对，我们这里没有客人。"

"没有客人？那刚才那些不是来修行的？"

"这倒是没错，他们是来修行的，全国各地的都有，数量还不算少。但他们不是禅院的客人。"

"这话是什么意思？"

"如果他们是客人，那禅院和他们就是一种商业关系，主顾和服务者的关系，付钱的人和收钱的人的关系，对吧？在我看来，这个描述跟我们禅院的宗旨是不符合的。我们的关系不是这样的。"

庄博士肯定想到过这位记者来者不善，毕竟不久前刚出了事情，杨华明还躺在禅院里养伤就有记者要来采访。虽然话没有明说，但是身为负责人，用哪儿想也应该知道，两名记者恐怕是想来这里挖出些黑料来。但估计庄博士也没有想到杜宇的问话这么直接，几乎没有客气和过渡，两句话就开始针尖对麦芒了。他这话先就摘掉了禅院和居士的商业服务关系，免去了服务商对主顾应该尽到的基本义务。

"那在庄博士的概念里,你跟他们是什么关系呢?"

"在我看来,我们之间没有主人和客人的关系,我们更愿意把这个禅院的所有人都视为家人。既然是家人,那么就不存在什么吃住还要算钱;既然是家人,禅院就是大家的家,打扫卫生这些事情,自然也是大家应该做的事情。所以这也不是一个交换关系,不是我们提供了什么,他们就要给什么。"

杜宇和方七听得一愣一愣的,相互看了一眼。这些话听起来好像很真善美,但是对他们这些记者而言,越是这样的话,里面的猫腻也就越多。一般说来,普通人能遇到讲这种话的地方只有两个,一种就是做传销的——"我们这里所有人都是相亲相爱的一家人",然后一群人就开始随着音乐像打了鸡血一样乱唱起来,群魔乱舞;还有一种,是一般人不容易遇到的,比传销更可怕的——邪教。

杜宇听到背后的方七轻轻地咽了一下口水。

他从椅子上稍微挪了一下,俯身向前,双手交叠地撑在办公桌上,他跟庄博士的距离不到三十厘米,显得咄咄逼人。

"庄博士,可能刚见面我就这么说话,显得有点失礼,但是来这里采访前我也做了些功课。你这说法,跟我想的有点儿不一样。我先简单理一下,你看对不对。"

庄博士神色自若,一点也没受杜宇进攻姿态的影响。

"首先，你们花巨款拿下了这座与世隔绝的禅院，重新修缮了这里，包括修了索道缆车，重整了栈道，还有这整个禅院。这些花销，保守一点估计，一千万元应该打不住吧？"

庄博士招牌式地笑了一下，点了点头。

"然后，这个禅院接纳人来修行，不收一分钱，大家都是'家人'。光养这些居士，还有这里的工作人员，每个月都是很大一笔花销，没错吧？"

"没错。"

"那很自然的，这里面就有一个最基本的问题。"

"你想问，我们禅院这么做图什么？"庄博士抢先说了出来

"对。"

"杜先生，在回答这个问题前，我能先问你一个问题么？"

"哼……"杜宇冷哼了一声，知道他要转移话题。这种伎俩他见多了，瞒不过他，"问吧。"

"杜先生你作为一名记者，已经算是功成名就、名利双收，那么多跟你差不多或者不如你的名记者现在都不去跑新闻了；他们去做做自媒体、接接广告啊，混点什么流量变现收智商税啊之类的，躺着就把钱挣了，比你逍遥得多。你又是为什么千里迢迢来我们禅院，这么辛苦地来做采访呢？即便做出来了，就假如说，挖出一个大猛料，然后呢？"

对方是什么意思，就连方七都能听得明明白白，杜宇懒懒地往后一躺，对着庄博士微微一笑。

"我对钱没有兴趣。很不幸，可能是因为我这样的人见过了太多别人一辈子听都没听说过的东西，所以早早就知了天命，对很多东西失去了兴趣。我只对一个东西有兴趣，真相。"

哪知庄博士闻言也是面露笑意，上半身朝杜宇倾了过去："果然，跟我想的一样。"

杜宇还没明白他的意思，就看见对方紧盯着自己："所以你应该很容易就能理解我这个禅院的目的，和你一样，我也只对一个东西有兴趣，真相。"

杜宇和方七两个人都愣住了，完全没有理解庄博士在说什么。

庄博士站起身来，走向窗边，也不管这两位记者，自顾自地朝窗外天上望去。这个季节虽然已经天亮，但太阳还隐在地平线的云下，头顶的月亮和几颗最亮的星星还能看得见。

"本质上，杜记者你跟我是一样的。你知道马斯洛的'基本需求层次理论'吧？按照这个理论，人的需求分为五个层次：最低的是生理需求，吃、穿、性欲；第二层是安全需求，希望能有未来的保障；第三层是社交需求，社会动物，需要和人交互；第四层是尊重需求，别人要看得起你；最高的一层，叫作自我实现。只有最高的一层，是无视其他人的看法和眼光，真正明白自己想要什么，然后去争取它。大多数人都没有到达这一层，绝大多数所谓的成功人士也就停留在第四层，做的一切都是希望别人高看自己一眼，虚荣。绝大多数人对需求的理解也只达到这一层。

"到达自我实现这一层之后，我们才能真正理解自己是谁、自己想要什么。而这个时候，其他层的需求都可以退而求其次。别人的目光、别人对你的看法都不重要，你会忘记别人的眼光，去追寻对自己来说最重要的东西。这其实就是杜记者你刚才说的，你对别人在意的东西都没有兴趣，你的自我实现需求成为你生命的中心。对你来说，这个自我实现是寻找真相，虽然你未必知道真相是什么。"

方七听得有点蒙，但是杜宇很平静，因为这些他早就知道，也想明白了。他还未等庄博士要怎么回答自己的问题，继续追问道："然后呢？这些跟你开这个禅院是图什么这个问题的关系是什么呢？"他身经百战，不会被云遮雾绕地岔开。

"关系很大，如果是其他人，我可能没法向他解释修建禅院的目的。只有到达自我实现这一层的人，才能相互理解。我和你一样，对普通人在乎的金钱、地位、权力都没有兴趣，所以花多少钱、办这个禅院亏多少，我不在乎，只要我还能运行得下去，我会坚持下去。你寻找的是真相，我寻找的也是真相。只是我们要找的真相不一样而已。"

"你说的,你要找的真相是什么?"杜宇问。

"这里。"庄博士还是看着窗外的天空,没有回头,伸出右手的两个指头,指了指自己的脑袋。

"之前这位女记者说得好——我的心略大于整个宇宙。

"这个禅院寻找的是关于我们自己、关于我们的心智、关于我们大脑的真相。我想要寻找的是从古至今那个永恒的天人交战的问题的答案:我是谁?我是什么?

"从有文明以来,人类就一直在寻找这个问题的答案,神话的、宗教的、哲学的,然后是心理学、物理学。我们一直在寻找外部宇宙和自己心灵的关系。"

杜宇打断了庄博士的演说:"你说的这些,跟其他所有传教的有什么区别?"

庄博士因为杜宇的缺乏耐心终于开始有些烦躁:"区别在于,我的探索是基于脑神经科学、进化生理学以及实验科学。我在这里所做的一切都基于实证,而不是拍脑袋妄想或者给人洗脑。"

"等一下,"杜宇再一次打断他,"实验科学?实证?我应该怎么理解这两个词,来这里修行的居士,是你的实验对象,对么?"

庄博士并没有生气,他还是微笑着摇了摇头,在这番唇枪舌剑中,他一直保持着高雅的仪态,像是老师面对不知天高地厚挑衅的学生。"我相信以杜记者您的学识,您是知道实验科学和实证是什么意思的。禅院为我们居士所做的一切，都是根据有过实证实验基础的研究成果进行的。打个比方，如果是医生的话，我们给病人提供的是经过了严格的临床试验、新药审批、国家药监局认证的药物，而别人给的是吃红糖补血的妄想药方。我们不会拿居士来做实验，我们和他们是像家人一样的互助关系。"

"你说得太玄了，太云遮雾绕了。"杜宇单刀直入，"这么说吧，就拿你刚才的比喻来说，你们给来修行的居士开的药方是治疗什么的，他们来你们这里，是看重在这个禅院能修行出什么？"

"内心的平静，真实的自我，寻找自己实现真正想要的东西。"庄博士说。

"扯他妈的蛋啊！"杜宇终于忍不住了，"这种屁话连卖素食文玩手串的都这么说，你觉得这些鬼话有人信么？"

"杜记者，如果你愿意放下预设的偏见，会发现就算所有人都不信，你也会相信的。你和我是一模一样的，都在寻找自我实现的真相。"

杜宇生吞了一口气，又深呼吸两下："好，照庄博士你说的，你自己出钱，花了巨资，给他们带来了内心的平静，帮他们寻找自我，那他们给了你什么？他们怎么能帮助探索什么心灵的真相？如果你要做的是研究，不是应该去研究机构，比如大学么？在这里，如果你在做研究，那算不算非法人体实验呢？"

杜宇的问题越来越尖锐，也越来越接近禅院的疑点实质。

"杜大记者您的指控很严重啊。"虽然这么说，但是庄博士的脸色如常，声音也没变化，依然沉稳，"我可以向你们保证，禅院所做的一切，没有任何不合法的地方，跟人体实验更扯不上关系。我觉得可能光靠我来解释，一来你未必肯相信，二来也难以说清楚。我可以简单地给你说明一点：人的意识和大脑结构是非常复杂、超越自身想象的。因为我们所有想象都必须依托大脑结构本身，要理解意识，理解大脑的整体结构，你就必须拥有超越大脑物质的思维能力。所以意识和大脑对于人类而言就像探索无限浩瀚的宇宙一样，永远没有看到所有真相的那一天。而在我们禅院的居士，都拥有超凡的心智和头脑，他们在我们的帮助下寻找自己的内心自我，我也在他们的帮助下窥探到无尽奥妙的终极真相的碎片。

"这就是我们禅院的相互关系，大家像家人一样相互帮助，去完成自己生命的终极需求。我们直接的关系甚至比家人还亲密，亲密得像一个人的器官一样。很多即便是家人，也只会相互满足基础的需求，而我们却在彼此帮助完成最高阶段的需求。我相信您能理解我说的这些吧？"

杜宇不置可否，有半分钟没有说话，只是盯着庄博士的眼睛。突然间他一拍手，站了起来。大概是站起来太猛的缘故，他突然觉得一阵头晕，差点打了一个趔趄，庄博士赶忙站起来伸手相搀，杜宇却一把甩开了他。眼前的景物突然有些重影，他闭眼歇了片刻，说道：

"既然这样，我想要采访一下你的这些'家人'，我相信没有什么问题吧？"

"您没事儿吧？是不是海拔问题，需不需要休息？"庄博士关心地问道。

"不，不必了，可能是站得太猛，低血压。采访没问题吧？"

"这当然没有问题，我会给二位好好安排的。"

"另外，我要看禅院居士的名单和资料。"

从杜宇和方七进到禅院以来，庄博士第一次严肃地摇了摇头，拒绝了杜宇的要求。"对不起，这个就恕我不能从命了。居士的资料是他们的个人隐私，除非你们得到哪个居士的许可，同意给你提供，我才能给你那位的资料。未经授权提供个人隐私资料是违法的，您应该比我更清楚才对。"

杜宇倒是没有怎么坚持。"既然这样，那我们两个人先自己随便走走看看，没问题吧？"

庄博士做出请的手势，笑道："那是当然。"

两人走出了庄博士的办公室，顺着墙根走出了十来米，方七这才开口问道："杜老师，庄博士说的这些，你信么？"

杜宇冷笑一声："一个字也不信。我怀疑这分明就是一个邪教组织。等我们采访一下这边的居士,就清楚了。"

方七抬头远望,看了一下远处的山崖和仅容一人进出的栈道,忧心忡忡地说:"那……我们恐怕就有麻烦了。"

三

　　从门廊拐出来之后，杜宇和方七就在门后面遇到了垂手侍立的张辰。

　　"院长说让我做向导，带着你们在禅院里转一转。"

　　杜宇倒是没有表示反对，就让张辰带着自己逛了下去。禅院从内到外分了三个大区，外间是他们工作人员的房间和办公室，是以前禅院的偏殿。中间是坐南朝北的老正殿，然后正对正殿的是一座高塔，以前是藏经卷的地方，塔是沿着山势爬升修建起来的。正殿和阁楼中间有一片空地，空地两旁也有小间房屋，是大家"做功课"的地方。这时候晨钟已过，午钟未至，这里没什么人。再往里面，也就是从山门进来最靠内的地方，是一排排带二层阁楼的小房间，也就是日常居士们起居生活的住所。

绕着禅院转了一圈，前后算上院外的山地，地方也不算小。从外到里，区域分成了三大块功能，分布得很清楚。

"这就奇怪了。"杜宇朝张辰问道，"我看这里虽然是在半山悬崖，但禅院里安全措施挺现代化的，至少从硬件和房屋布局来说，是挺完善的。那前些天，你们那位叫杨华明的女居士怎么会从山上摔下去呢？"

禅院应该心知肚明杜宇他们来这里的原因，虽然他一直没提，但想来他们也一直在等。按常理来说，就算是失足，在居士的生活区这边也没有会掉下去的地方，杜宇还专门察看了阁楼、经塔之类高处的窗户，就算从窗户摔下去，也绝不会滚下山。

张辰答道："坦白地说，我们也很奇怪，杨女士自己也说不清楚是怎么掉下去的。"

"你知道她是从哪里掉下去的么？"

"杨女士摔伤之后，对当时的情况已经想不起来了，我们察看了当时的痕迹，应该是在外院后门这里。"

张辰领着二人穿过后门，到了院墙外面。

"这一片是除了山门外的栈道唯一可能有坠落风险的地方。"

这外面竟然是一个有几百平方米的石台，突出的巨岩伸向半空，上面没有土，更没有植物，跟傍山一面的风景截然不同。雾笼岩怪石林立，禅院往山的一面青翠得很，山岩都被溪流沤透，满是苔藓；往崖边的这一块却是光无一物的突岩。平台中间装了护栏，也装了警示标志，禁止人翻越靠近悬崖。不用询问张辰，光看护栏和标志，也很明显已经装了很长时间了，并不是禅院出了事之后才补装的。

三人走到护栏边，岩石前面还有伸出去的好几米，只是那前面岩层已经风化崩裂，边缘变得锋利，看上去没有可以下脚的地方。

"怎么会从这里掉下去？"杜宇问。

"我们也觉得很奇怪，你们也看到了，这里保护措施是很完善的。而且这个后门平时都是上锁的，就是为了避免发生意外。按照规定，到这边来是需要有工作人员监护的。"

"出事的时候是晚上，那时候门是开着的么？"

"没开，这就是最蹊跷的地方。按照我们的记录，从警方确定的出事时间，到我们发现少了一个人，这道门的钥匙都没有被用过。发现出事之后，我们检查过这道门，锁也是锁好的。"

"说不定是修行得道了，从墙里穿过去的。"杜宇一边说着，一边用手一撑水泥桩，一个翻身从护栏上跳了过去。"危险！这……"张辰刚要阻拦，杜宇伸手示意让他别管。风化的岩石虽然暂时没有垮塌的危险，但是尖锐的棱角让他行走非常困难。杜宇还是小心翼翼地走到了悬崖边。

"请回来！"张辰大喊，"我们要对您的安全负责。"

杜宇没有理他，反而叫起了方七。姑娘犹豫了一下，把相机包挂在护栏上，也钻了过去。钻过去之后，她再拿过相机包，跟上杜宇。她跟着杜宇走到悬崖尽头，发现杜宇闭着眼撑在石头上，并不敢朝悬崖下看。

杜宇觉得一阵又一阵晕眩，比之前还要严重。他没有睁眼，用很小的声音对方七说："你怎么看？"

方七回头看了一眼张辰，这才明白杜宇的用意：把张辰甩掉。她也学杜宇一样面朝悬崖，背对张辰，小声说："没道理一个中年妇女会独自翻到这里来，还失足意外摔下去。"

再明显不过了，这边是禅院的最外面，往上可以看见倚山盘上的阁楼。方七是摄影记者，对空间和距离比普通人更敏感一些，那个栏杆很安全，自己年纪轻轻，想要翻过来都不算轻松，杨华明一个中年阿姨，仅靠自己能不能翻过来都是两说。就算她翻过来了，这个下脚都难的岩面上要"不留神"走这么几米，从这边摔下去，那是绝无可能的。

除非……有其他人……

当然，这话她不敢说出口。

杜宇点了点头，站起来要往回走，这时他的手突然被方七一把拉住。他以为出了什么事，赶忙回头，只看见方七虚弱地蹲在地上，脸色苍白。他这才注意到刚才她端着相机在拍悬崖下面，当时倒是没事儿，这会儿人想要站起来，脚上却没有一丝力气。

方七的手很小，柔滑但很冰冷。杜宇只觉得很抱歉，自己让这个年轻姑娘身入困境，不光是悬崖，是所有一切。姑娘已经很坚强了，没有抱怨过一句。他握紧方七的手，拉着她往回走，想传递一些自己掌心的温度给这个吓得手脚冰冷的姑娘。

他们从栏杆翻回来之后，张辰说道："你们这样乱来，很危险，我们会很难做的。这些事情我必须向院长报告，我们有责任……"

"我们是记者，不是禅院的客人，你们对我们不负有安全责任。"杜宇打断了他，"如果你们觉得我们的采访可能会披露什么你们不想让人知道的秘密，这是你们的禅院，你们当然有权拒绝采访。除此之外，我不认可你们有其他拒绝我们采访的理由。"

张辰犹豫了一下，说："话虽然这么说，但是要是你们在我们这边出事，那我们也是有责任的。您也应该体谅一下我们，毕竟……大家都把话说明了，之前已经出过意外，接连再出……"

"那你们需要我给你们出具一个证明么？证明我在这里因为采访行为，导致的一切后果自负？需要么？"

"这……这……"张辰一时也不知道该怎么接下去。

杜宇掏出手机来，看了一下时间。他发现因为没有网络信号的关系，手机电量掉得很快，于是顺手把手机开了飞行模式。"说好的安排对这边居士的采访，应该差不多了吧？既然杨华明女士身体情况不适合接受采访，你们找适合接受采访的居士，也该准备齐了吧？你们就没有找他们问问，杨华明从山上摔下来的那天，就没人见到她，没人从后门这边经过？"

说完，他也不管张辰，抓起方七的手，朝禅院往回走。方七愣了一下，没有挣脱，她的手心还是冰冷。

"别害怕，有我在，出任何事我都会保护好你的。"

也不知道为什么，杜宇突然就说出了这么一句话来，但他并不觉得很唐突，反而觉得自己好像不是今天才跟方七见面，她竟像是他一个熟悉的老朋友。

对居士的采访安排在午钟之后，此时正是正午，午钟才开始不久，还要一个多小时才会结束。杜宇拉着方七，大步流星地朝正殿走去，殿门掩着，里面几无声息，直到走得很近，才听见隐约的呼吸声。从门缝里看去，只见里面两三米一个间隔，摆满了蒲团，整整齐齐坐满了上百人。

透过门缝，他们两个先站在外面偷眼观瞧，里面光线晦暗，大殿空旷的空间中透着淡淡的雾气。外面是没有雾的，这里面的雾是从哪里来的？而且以雾而言，也太均匀了。杜宇正揣摩着，说不定是什么致幻剂的烟，这时雾中突然亮了起来，吓了他一跳。

雾中出现了光，星点一样变幻的影像像是在延展为几千立方米的大殿空间里闪耀着，把殿内的人笼罩在其中，如同宇宙大爆炸的闪耀一样，光幻流转着，吞没了里面所有的人，像是宏伟得惊人的超规模电影投影在身边，就算是站在殿外，杜宇和方七也被这景象所震撼，即使杜宇这么见多识广的人也差点惊呼出声，难以想象置身其中的人是什么感受。

被流转在殿内的光影震撼了几秒之后，杜宇发觉出其中的怪异。坐在殿里的几百人没有一个人发出声音，甚至没有人有肢体动作，都像木偶一样定坐在蒲团上，连一丝身形的扭动都没有。杜宇见过各种经过严格训练的团体——仪仗队、国旗班、阿里郎集体舞……不管表面上看起来多整齐，仔细看，都会发现每个人身体细节的小动作不断；他们用长期训练的意志去努力控制身体的神经反应，但只要是人，就不能如同机器一样，永远有各种神经反应带来的小动作，如扭头、抽搐。

但是这里面几百个人完全没动，泥塑似的整齐地昂着头。在背后看不见这些人的脸，但是杜宇却觉得自己好像站在这些人面前的高台上，见到了几百双圆瞪的空洞的眼睛，一切沉在烟雾里，只有几百双空洞无魂、闪着诡异的光的眼睛浮了起来，像一场恐怖的噩梦。

杜宇见过这些，他当然见过，他曾在正面见过这一切。他突然意识到这点。是什么时候，又是在什么地方见过的？

他脑子里刚刚似乎飘过了一丝线索，正想要去抓住它，这时候身旁突然传来两声咔嚓的清脆响声。声音不大，但非常刺耳，把他惊醒了。方七正端着相机，对着里面拍照。

杜宇觉得脑子一空，刚才那梦一样的记忆就消失无形了。不对，自己不可能亲眼见过这些，他听说过，他知道这东西的存在，但他从来就没有见过。刚才的记忆是从哪里来的？是自己从听到的那些东西里面想象出来的么？

脑子里一团乱，这时候眼前传来了门轴转动的声音。庄博士已经拉开虚掩的门站在他们面前，想必是快门的声音让他听见了，发现了这两人。杜宇还打算辩解些什么，庄博士做出一个嘘声的手势，然后把门拉大，做手势叫他们进去，并提示他们小心脚底很高的门槛台阶。

两人只得跟了进去。大殿内部基本保持了旧时禅院的建筑框架，好几米高顶天立地的立柱，除去了原本显得拘束的殿内装饰和雕像，就如西式教堂一样深邃高远，走进去之后感觉就像踏入一个不属于人类的领域，这里面每个人都变成一个渺小脆弱的存在。

那些光影也就漂浮在两个人身边，细密的烟雾是某种立体投影的介质，但杜宇没有看到投影的光源。

"这是在干什么？"方七问道。

庄博士一边领着他们从人群中穿过，一边解释道："这是我们的一种修行的方式，你们看到的这些，是我们特别设计的视觉信号刺激。这些刺激可以帮助人们激活大脑的神经连接，激发我们正常不会利用的很多脑神经结构,打个比方,就像指挥大脑做特殊的体操。"

这话说得跟电视里卖减肥药的讲法倒是很像。方七原以为杜宇会评论些什么,侧过头去却发现他脸色严峻,双唇禁闭,像是根本没有听到一样。她有些胆怯地质疑道:"这……有用么?听起来……太玄了吧?"

庄博士做了一个手势,大殿里如电光穿梭一样骤然闪耀了一下,然后光芒又瞬间收拢,像呼吸一样共鸣着,这一切像是在他指尖弹奏一样,他同时解释道:"是很玄,不过在我看来,还不够玄。人类的大脑作为生命几十亿年进化的最复杂器官,就像是宇宙大爆炸以来出现的终极魔法,想要揭开它的奥秘,要更像魔法,更难以理解,这才配得上它。

"人类在很早以前,就发现可以通过外在手段来影响自己的意识。最早的,当然就是上帝之水——酒精。通过化学物质影响神经的工作状态,可以直接改变人的思维方式。比如李白斗酒诗百篇,无酒不成诗。可以说,中国历史上最伟大的诗人,都是利用了外在手段对大脑的作用,才写出了最了不起的诗文。

"但是化学手段对神经的影响是很'脏'的……"

"脏?"方七不明白这个词的意思。

"就是说,化学物质对人脑的影响过于复杂,一种化学物质就会带来数不清的各种副作用,酒精是一个典型,咖啡因、茶碱、鸦片、海洛因,甚至是糖,都会带来一大堆影响。

"这是没有办法的事情，生命在进化中有一个很偷懒的原则，就是有什么用什么，什么能凑合一下就凑合一下。人脑作为进化中最复杂的器官，如果将它比作一个软件的话，就是积累几亿年的代码综合起来的，少说也有几千万个历史迭代版本，一层一层数不清的核心代码，现在根本不知道当年写的逻辑和实现的功能是什么，它只是在那里，然后莫名其妙地居然能很好地发挥作用。

"听说如果一个软件有一百个历史版本之前的老代码还在，世界上就没有一个软件公司敢去修改它，如果要动，就必须全部重构。而我们的大脑比这个历史版本复杂上万倍，神经化学物质就像是程序的核心变量，你根本猜不到修改一个变量将会影响多少个地方，为什么会有用，为什么会有漏洞，你根本理解不了。

"所以在其他脑科学家研究大脑的神经生化反应的时候，有的人走了另外一条路……"

"输入神经信号分析。"杜宇突然开了口，把庄博士的话接了下去。

庄博士先是一愣，转过头来看了杜宇一眼，随后释然了。"杜记者的功课做得很充分啊，连这个也知道。我们公开资料上应该没有这些东西，您是在哪里查到的呢？"

一直伶牙俐齿的杜宇这下却没有接话，而是扭过头去，眉头紧锁地看着端坐在蒲团上的这一群居士。不见杜宇吭声，庄博士似乎有一点尴尬，掩饰地笑了一下，继续解释道："不知道杜记者的资料准不准确，就当是我来补充一下好了。神经系统信号传递一种是化学递质，一种是神经电信号。比起化学递质来，神经电信号要更'精确'。实际上神经系统传递的准确信息都是高度依赖电信号，不管是视觉、味觉、触觉还是听觉都一样。电信号的特点是相互独立，基本没有干扰，听觉电信号不会影响视觉，看到什么东西也不会附带味道的信号。比起化学物质，神经电信号的作用更干净一些。

"不过这个所谓的'干净'也是相对的。"随着庄博士的指挥家一般的指尖动作，空间里跳动的光舞节奏变得强烈起来，端坐的居士跟着渐快的节奏，眼珠整齐高速地震动着，画面诡异得令人震撼。大殿好像从地球上被挖了出来，掉入璀璨的星云里，又像是穿行在夏日遮天电闪的漆黑雷云中。"刚才我说过了，人类大脑是数十亿年进化积累的产物，即便是相对干净的神经电信号在系统里也有不止一个作用。人的意识能感知到的，只是其中很小一部分，就像冰山一样，绝大部分仍隐藏在意识之下，我们自己都不知道这个神经信号存在，但不妨碍它们发挥作用。

"杜记者刚才说的'输入神经信号分析'，就是这么一个研究法。探索神经信号对大脑功能、意识的潜在影响，然后利用这些影响来调整大脑的功能，这就是我们的做法。如果要打一个比方的话，这种做法像是筛查大脑这个软件里面的老代码。这些代码可能早就过期了，可能是鱼类、蠕虫时代留下的老功能，我们清理出这些老功能来，就像是游戏的金手指密码一样，可以激发出脑神经内部那些被认为是过时的、被忽略的神经反应，把表层意识以下连我们自己头脑本身都认知不到的神经刺激整合起来，继而让大脑发挥出超乎普通人理解的能力。"

庄博士双手猛然一合，串动在殿内的光芒一下子像被无形的巨力压缩一样，瞬间收拢起来，落进了他的掌心，随即殿内一片漆黑。结束了？方七正要开口问，却见到博士猛然张开双臂，像把光洒出去一样，似乎无数个太阳喷薄着从他手上炸开，旋转着冲出去，好像整个大殿的墙壁、地板和顶都消失了，他带着大家飞升到了无限的永恒时空里。

等了好几分钟，周围一切影像才渐渐淡下去。又过了一会儿，方七注意到之前端坐在蒲团上一动不动的居士现在有了活人该有的反应，她自己也才从直冲脑髓的震撼中缓过神来。

"这些……就是刚才您说的什么输入神经信号分析法的成果？"她问道。杜宇到现在还是一副失魂落魄的样子，不知道他到底是怎么了。

"这算是成果的很小一部分。我们对所有来自感觉神经的信号都进行了分析，视觉是信息量最大也最好准确控制的，听觉、触觉之类的更难利用一些。所以视觉刺激可以做几百人的修行大课，听觉和触觉就要针对个人单独进行。如果把这些结合起来，效果就更好，能更好地激发大家头脑的状态，怎么样？"庄博士笑问道，"你们也算是旁观了一半课程，有什么感觉？"

方七想了想，不知道算不算是对自己有什么影响，她犹豫了一下，摇了摇头。

"这也是正常，毕竟这不是针对个人定制的方案，如果按药物的说法，这个最多算是拿保健食品批号的保健品，而且又只是一半。如果有兴趣的话，我们给你们试一下针对性的方案。"庄博士见杜宇好像思维掉线，关心地问道，"杜记者？怎么了？不舒服？"

杜宇这才大梦初醒一样，转头望了方七和庄博士两眼，揉了一下自己额头。"你们这些神经刺激方案，作用是什么？我不是说这个烟花戏法一样的表演作用是什么。你刚才说的，你们在使用神经系统隐藏的功能，这就像寻找软件代码的后门漏洞。你们有没有考虑过这些东西的危险性？"

"您的担心不能说完全没有道理。不过说实话吧，您也太高估我们的能力了。"庄博士轻笑着摇摇头。大殿的照明灯打开了，居士们在工作人员的安排下开始有序地离场，庄博士也示意两个人跟自己从大殿侧门出去，边走边谈。

杜宇注意到结束了功课的居士的神色和肢体动作都开始恢复，开始还有点僵硬，但慢慢地有了生气，变回正常的样子，大殿也就开始喧闹起来。

但并不是所有人都是这样，有一些人还是如同魂飘云外似的，整个身体和眼睛都跟这个世界脱了节，跟刚进禅院时见到的那两个扫地的居士一模一样。

杜宇本想要转过去，仔细看一下这些人的情况，但庄博士轻轻把他一拦："二位请跟我走，你们不是还要采访？有什么想了解的，到时候详细问，有的是时间。"

杜宇看了博士一眼，没有反抗，点点头。博士带着两个人，一边提示他们注意门槛，一边接着之前的话题说："你刚才提到风险问题，其实这太过虑了。以现在这个技术的发展而言，远没有软件后门漏洞那么高级的水平，对人脑造成伤害的意外可能完全为零。"

"我说的不是意外伤害。"杜宇冷冷地说。

庄博士一愣，站住了，回过头来注视着杜宇。

"杜记者，不知道我有没有误解您这话的意思。您这是在暗示，我们有可能利用这些技术，恶意对禅院修行的居士进行伤害，来达到某些不可告人的目的，对么？"

"如果你们没有，我怎么暗示都没用，对吧？"两个人的目光都锐利了起来，方七觉得眼前画面里弥漫着静电噼啪作响后的气味。

"您说得没错。"

杜宇没有继续跟庄博士对视，他看了一下时间，问道："之前我们说好的采访贵禅院居士的安排，还要等多久？"

"现在就可以。"

"采访的时候，贵禅院的工作人员可以回避么？"

"……如果你觉得需要，当然可以。"

四

采访安排在一个茶室里。桌子是大概有三米见方的大方桌，杜宇坐在一边，受访的居士坐在对面。方七挨着杜宇，但她基本上没怎么坐，而是在斗室转来转去，不时地找个角度拍点东西。

按照院方的说法，既然是采访，就要尊重受访者的个人意愿。来禅院修行的居士会告别俗世来这里寻找自我，多半有不愿意告诉人的原因，所以要找到愿意接受采访的人并不是很容易。

"明白，也就是你们给我指定呗。"杜宇说。

第一个接受采访的是一个不到三十的年轻男子，名叫黎锐思，看上去也就比方七大一点。他走进来的时候垂着头，一看就很沉默，整个人非常清瘦，青色的素布袍子在他身上只能说是挂着，整个人就像衣架子似的。直到他坐下抬起头来，杜宇才注意到他的模样很清秀，看起来很有日系食草男的那种典型样子。还没等杜宇开问，他就自顾自地说了起来。

"我猜一下你在想什么。这荒郊野岭的地方到底是用了什么妖术，这哥们看起来这么年轻，怎么也会被洗了脑，骗到这里来？你的表情里敌意太明显了，我觉得当记者的，自己的立场暴露得这么明显，对采访来说不是很合适。

"我以前是搞IT的，互联网企业，跟你们记者打交道的次数太多了。从不入流杂志到中央电视台多了去了。不用你说话，我都能看出你想攒什么料，做什么报道。"

黎锐思嘿嘿一笑："实话实说，我最开始来这边的时候，是想看看这个禅院的运作模式怎么样。那时候是朋友说这地方厉害得很，当时不是正处于互联网的三线城市P2P模式的风口上么？当时正在讲渠道下沉，我想搞个传统文化的切入口，朋友便给我介绍了这个禅院"。

"是哪个朋友？这个？"

杜宇说着，推出一张照片递给黎锐思。照片上是一个三十岁上下的年轻男人，一头长发，扎着马尾辫。从眉眼上看像亚洲人，但是嘴角眉眼却很张扬，透着浓浓的外籍华人的气质。

黎锐思稍微看了一眼就摇了摇头："这谁啊？我不认识。"

"那这个人你见过么？在这里也没见到过他？"

黎锐思又看了两眼，还是摇头。杜宇面无表情地点了点头："你刚才说是想来这里学习商业模式。"

"不是学禅院的商业模式，那时候想的是来这里考察一下，中国传统文化嘛，就是那种虚头巴脑的，五行啊，道法自然啊，无为无不为啊，茶啊木啊石头啊什么的，反正一个筐，往里面装东西，然后去忽悠嘛。关键是怎么能忽悠得顺，各种东西装进来不能太低级，别装文化装到最后反而露出了没文化。当时我是这么想的，就来借鉴一下。把壳子弄好，想想能怎么从互联网化的角度切入，运作起来。"

杜宇注意到他说了好几次"当时"，便问道："那后来呢？"

黎锐思抽搐地笑了一下："后来我发现，我太低级了，低级得不行，格局太小。"

"什么的格局太小？"

"所有的一切。拿投资，炒概念，A轮、B轮、C轮，上下游打通，上市，change the world（改变世界）。从硅谷到中国互联网行业所有的这些东西，格局都太小，meaningless（无意义）。"

"那……什么是有意义的？"杜宇问。听着黎锐思单薄的嘴唇不断弹出英文，让人有一种很强的错位感。

他眨了眨眼说："Inner Universe。"

"什……什么东西？"杜宇一时没听明白。

"INNER UNIVERSE。"黎锐思伸出两个指头,轻点自己的太阳穴,"内在宇宙。Inner Universe is bigger than the whole world(内在宇宙大于整个世界)。"

杜宇这才总算是听明白了。他先是困惑地转头看了方七一眼,然后才问道:"你这话是什么意思?内心大于整个世界?"

"你应该体验一下这种感觉,光是给你用语言解释是很困难的。就像给不喝酒的人说为什么想喝酒,给不抽烟的人说为什么想抽烟……"

"给不吸毒的人说为什么想吸毒?"杜宇截住了他的话头,"那个 Inner Universe,是禅院给你做的什么修行方法么?就是中午大殿里的那个?"

"不不不,"黎锐思一叠声说,"禅院所有的修行办法,都是一个过程和手段,就像僧人打坐、念经、参禅一样。这些手段是为了让我们扩展自己的内在宇宙,就像和尚'悟'一样。"他顿了一下,"当你悟的那一刻,你就明白,自己以前做的所有一切,或者说绝大多数人做的所有的一切,从方向上就是错的。"

"什么意思?"杜宇问。

"这个世界上绝大多数人做的一切事情,追求的所有东西,看起来都是物质,对吧?消费主义,物质化的时代,物欲横流的时代。尤其是我们互联网行业做的各种事情,都在满足人们各种各样的物欲,我们叫作硬需求。

"但是实际上,我们追求的根本不是物质本身,是在追求这些物质过程中，大脑得到的那一丁点的神经刺激。大脑是人类最重要的器官，对不对？"

杜宇点头："嗯。"

"不对！"黎锐思大笑起来，"你仔细想想，大脑是人类最重要的器官这件事情，是大脑告诉你的。你之所以以为大脑是你最重要的器官，恰恰是因为你这想法是从大脑里产生的！"

杜宇和方七都是一愣，再仔细一想，突然感到一阵莫名的恐惧。

"所以我们做的这些方向都是错的，满足这个，满足那个，满足下半身，满足口腹之欲，永远的主题，要钱，要女人，一切都是我们的神经系统给的基本指令。互联网行业有一个说法，叫'理解需求，而不是去迎合需求'。但我们用了一辈子去做的事情，不过是在最浅层最表面地去迎合大脑的需求。"

"所以，你觉得这个禅院是'理解需求'？"

话音刚落，黎锐思突然一抖，伸出右手拼命地挠自己的后脑头皮，最开始杜宇以为他是头痒，但他挠了十多下也没有停，动作还越来越快，像是失控的电器一样。黎锐思似乎没有意识到自己在做什么，瞳孔都放空了。他像被什么东西上身了一样，抓了有一分钟，才突然放下手，然后瞬间又恢复了正常。

"这样说可能也不是很合适，应该说，这里的修行让我们掌控和扩展了自己的感知。"他说着这话的同时，似乎根本就没有意识到刚才的一分钟里发生了什么，好像整个人断片儿了。他这时候脸上自然满足的表情，看在杜宇和方七眼中无比诡异。黎锐思丝毫没有察觉对方眼中的恐惧，继续说道："你们知道 AR 和 VR 么？肯定知道吧？

"用个不是很贴切的比方，Inner Universe 就像是一套虚拟现实、增强现实的综合体。我们不管怎么去探索宇宙，怎么认识这个世界，最后都会需要这个不到一斤重的大脑来理解所有的一切。我们的所有感受，所有理性的、感性的认识，最后都被大脑功能限制着。如果说这个世界的真相是太平洋，那么我们的大脑只是一个几厘米大小的勺子，无论怎么追求宇宙的真理，你能舀起的就只有这么多。与其这样，还不如想办法让自己的勺子变大一些。"

这些话杜宇并没有听进去多少，满脑子都是刚才黎锐思那幽灵附体一样的动作，他事后全无知觉，这代表着什么？就在杜宇觉得脑子一胀的时候，眼前出现了更诡异的一幕。

黎锐思的身体又抖了一下，伸出右手，在分毫不差的位置拼命地挠那块的后脑。好像一切倒带重放了一样，杜宇有一瞬间希望他马上把手放下去，但又清晰地知道，他会这样挠下去，动作会越来越快，像是失控的电器一样，甚至连节奏、频率、时间，杜宇都知道。刚才的一切又重来了一次，杜宇看着他的眼睛，他的瞳孔放空了。

杜宇整个后背都发冷，颤抖着数着时间，跟刚才一模一样，一分钟之后，他知道时间到了，黎锐思突然放下手，瞬间又恢复了正常。

杜宇咽了一口口水，跟方七对望一眼，连腿上都一阵发麻。他刚准备说什么，却听见黎锐思又开了口："这样说可能也不是很合适，应该说，这里的修行让我们掌控和扩展了自己的感知。"

杜宇差点跳了起来，极度恶寒瞬间爬满他的全身。发生了什么？他为什么要把这些话再说一遍？这是怎么回事？他的大脑出了什么问题？这个人知道他在做什么吗？

怎么回事？

怎么回事？

杜宇知道他将要说的每一句话，心里默念着黎锐思要说的内容，一模一样，没有一点偏差。

不对！

不对！不对！

面前这个是人类么？这地方是怎么回事？他们对他做了什么？

"与其这样，还不如想办法让自己的勺子变大一些。"黎锐思再一次说完。这时候，这人才发觉杜宇和方七的脸色都不对，杜宇额头上的冷汗都已经下来了。他惊讶地问道："怎么了？你们两个都怎么了？没事儿吧？"

他向杜宇伸出手来，还没有碰到，杜宇就反射性猛地打掉了他的手。黎锐思一呆，不明白对方为何如此无礼,杜宇觉得脑袋里一阵剧痛,强忍着恐惧对他说:"对不起,我们先聊到这里,我们先这样,先这样。"

黎锐思困惑地又看了杜宇一眼,耸耸肩,转身出去了。

"关门关门。"杜宇低声说,"看看外面有没有人。"

方七赶忙关上门,探头小心地看了一下,四下无人。

"你刚才都看见了吧?"杜宇问。

"看见了。"方七说,"太诡异了。他拼命挠头,好像着了魔一样。我生怕他把血挖出来。"说着姑娘身上一抖。

"这个地方是怎么回事,他们对他做了什么?他居然还毫无知觉,还拼命地说什么内在宇宙。"杜宇习惯性地拢了一下自己额头,"好像那根本就不是一个人,而是被什么怪物占据了。"这话又吓得他一哆嗦,"或者是被什么病毒破坏了大脑。为什么一模一样的话他要说两遍?他第二遍抓自己头皮的时候……"

"嗯?"方七愣了一下,"什么第二遍?杜老师你在说什么?什么'一模一样的话要说两遍'。"

"就是刚才啊,他挠了头,说了一遍以后,又一模一样地挠了一遍头,然后把同样的话又说了一遍啊。"

方七满脸困惑地看了杜宇几秒,确定他没有开玩笑之后脸上迅速变得惊恐起来,带着哭腔叫道:"杜老师你不要吓我,我胆子不大的。"

这下杜宇反而摸不着头脑了:"怎么是我吓你呢?"

"他没有同样的话说第二遍啊!他挠了一分钟头,然后说了一大堆。我都没听明白他说了些什么，然后他不是就出去了么？他没有说完了又开始挠头，然后又说一遍啊。杜老师你不要吓我，我现在很害怕。"

看着方七吓得浑身哆嗦，杜宇也懵了。他脑子有好几秒一片空白，突然看到桌子中间摆着的采访机，上面的灯还闪着。

"录音！"他叫道，一把抓过采访机，好像有人会抢一样。机器金属表面冰冷，杜宇全身一激灵，差点抓不稳。他把录音往前倒了几分钟，来回快进快退好几回，才找到点。

"……你觉得这个禅院是'理解需求'？"

"这是我说的，然后他就开始挠头了。"杜宇说。

"嗯，对啊。"

一分钟的安静，采访机价格不菲，收音效果拔群，杜宇把回放音量调到最大，他们听见了里面微弱的沙沙声，是手指和头皮发根的摩擦声。沙沙声越来越快，在安静的茶室内回响着，颇为瘆人。

"这样说可能……"

突然响起的黎锐思的声音大得吓人，杜宇慌忙把声音按小，紧张地朝门外望了一下，没有人。

"等着。"杜宇说，紧张地咽了一口口水。方七已经僵硬得像石头一样，一动不动地站着，双肩紧缩。

"……与其这样，还不如想办法让自己的勺子变大一些。"

"马上,然后他又开始挠头,你听。"杜宇又快速把声音调到最大,这样才能听到挠头的声音。

两个人都恐慌地看着采访机,不大的茶室门窗禁闭,寂静中两个人狂乱的心跳几乎能听到回声,只在短暂的沉默过后,采访机用最大的音量放出黎锐思的问话:

"怎么了?你们两个都怎么了?……"

杜宇脑子一乱。"不对,不对,一定是我没找对录音段。"他一边说,一边焦躁地抓过采访机,往前翻,按时间段落查看文件。

快退

播放

没有

快退

播放

没有

没有

没有

他反反复复折腾了二十多次,十分钟以内的所有录音快切、快放了好多遍之后,杜宇终于把采访机往桌子一丢,整个人像丢了魂一样盯着桌对面空着的椅子发呆。

采访机的录音用无可争辩的证据证明,黎锐思没有说过两遍一模一样的话。

"杜老师……"方七犹豫地看着他,"你……还好吧?"

杜宇只觉脑子里无数闪电奔流而过,无数声音和碎片像是从裂开的脑子里拼命往外挤着,各种奇怪的不知是记忆还是幻觉的东西张牙舞爪地冲到自己眼前。

他看到无数面无表情的人站在旷野里,各式各样的枪吞在他们的口中。他大叫着:"不!不要!住手!"但那些人转过脸来,瞳孔里全是散开的灰色,像望向虚空。

一声枪响,脑浆和血从后脑喷出几丈,打在他脸上。他尖叫,但其他人却好像什么也没发生一样,一动不动。他听到其他人的枪扳机嘎吱嘎吱地响,他大叫着,伸出手要去抢离自己最近的人的枪,自己的手从那人的枪上透了过去。他一愣,枪声此起彼伏。

这时候他看见自己手上满是血,浓稠得像戴着一副手套。"不,不,不!"杜宇失魂落魄地叫着,头痛欲裂,眼前的景象裂成了无数碎块,天旋地转。冷汗雨一样地冒了出来,他眼前一黑,站立不稳,倒了下去。

方七大惊失色,赶忙上前一步扶住杜宇,连声呼唤他的名字。杜宇口歪眼斜,右手不受控地颤抖着,见这样子,吓得方七差点哭出来。方七赶忙把他扶到椅子上,然后推开门,冲了出去,大喊着:"有人么?快来人帮忙,出事儿了!"

虽然杜宇对自己的名字毫无反应,但是方七出门大喊救人却让他的意识清醒了几分。

不行!回来!不要叫人!

杜宇鬼压床一样,意识和身体脱了节,如同发觉自己在噩梦中,拼命想要醒来,身体却怎么也不听使唤,他用尽全力挣扎着。在迷离中也不知道挣扎了多久，也不知道是几分钟还是几个世纪，他终于撕开了眼皮的一条缝，手上有了知觉。

"回来……"他呻吟道，几乎发不出声音。杜宇硬把自己从椅子上拽了起来，这才一跃而起，冲出了房门，动作太过慌张，肩膀撞到了门板。

出门两步，他看到方七已经跑出了三五米，还在大声呼救。他想叫她，这时候张开嘴，却一时间脑子里丢失了语言，不知道该发什么音。他也来不及多想，两个箭步冲上前去，左臂一把从后面抱住方七的肩膀，右手捂住了她的嘴。

方七反射性地用力挣扎了几下，回头看到杜宇的脸，动作才迟疑了下来。杜宇还是说不出话来，好在还能记起手势，他放开左手，做出一个噤声的手势。方七已经被接二连三的事情搞得不知所措，这才稍微平静了。她满脸疑惑地用表情询问杜宇，杜宇朝周围望了一眼，并没有看到人，这才领着方七往茶室走去。

走回来的路上，杜宇脑子里的语言才慢慢地醒了过来，他终于重新搞懂了自己要说的意思，应该发出的音。回到茶室，关上门，方七很紧张地关心道："杜老师，你是怎么了？是不是身体不太对头？"

杜宇坐下，叹了一口气，知道有些秘密是不说不行了。

"老毛病了，Déjà vu。"

"德……德什么？"方七没有找到这个音的调门。

五

Déjà vu.

法语,中文翻译一般是"似曾相识",准确的意思如下:

从未经历过的事情,在经历的瞬间却强烈地感觉到这个事情已经发生过,自己已经经历过,就像时光穿梭,倒带一样。

"刚才是我错了,那个叫什么,哦,黎锐思的互联网精英,哼哼,确实只说过一次,只挠过一次头。是我感觉的问题。"

"这个东西,有什么……危险么?"方七很关心,当然了,刚才她被杜宇吓得半死。

"如果单说 Déjà vu 本身,倒是还好。其实大多数人都有可能出现这种感觉,要不也不会有一个专门的词了。问题是,这个东西对我来说,不是那么简单。"

杜宇望着方七,发现她关心地注视着自己。一瞬间,他觉得她眼睛里有一些别的东西,一些不是对一个刚刚合作的陌生同事应该有的东西。不好,他心说,低下头去看桌子,不再看她的眼睛。他这波症状还没有完全消退,各种场景都容易在脑子里一次刻下许多次的烙印,这样会产生一些不正确的判断,搞混了时间应该有的意义。

他决定把事情一五一十地都说出来。他埋着头,盯着桌子上的茶具的纹路,还有茶具边上的采访机。

"我先给你解释一下这个毛病出在哪里。Déjà vu 这东西实际上是大脑的轻度功能失常。大脑不是分左、右两个半球么,实际上两个半球有各自的功能,基本上是各管各。管意识、语言的,在左半球;管视觉、时空感知的,在右半球。因为左、右两个半球结构上是基本独立的,所以意识要处理视觉、时空,就是左半脑向右半脑调用信息。这就跟手机 CPU 几个核协同处理任务有点类似,这些协同就需要两个半脑中间的神经连接来传输神经信号,但是这两个半脑的连接结构其实很小。

"正常情况下,左半脑请求右半脑提供视觉和时空感知的时候,右半脑会发一次信息。但是如果出现功能失常,左半脑可能重复收到两次甚至更多次信息。如果出现了这种情况,人的意识就会觉得一个正在发生的事情之前已经发生过了,这就是 Déjà vu。这东西,本质是脑神经信号的乱流。癫痫病人大脑就很容易触发 Déjà vu,而且它的发生往往是癫痫发作的前兆。"杜宇手指打着圈指着自己太阳穴,"癫痫就是严重的脑神经电信号突发紊乱。如果真的严重到那种程度,是很难治愈的。"

方七突然明白了什么。

"您……来这里,其实是想找到把自己治好的办法!"

杜宇听了这话忍不住笑出声来,笑声颇为苦涩。他连连摇头。"哪儿跟哪儿啊,不是这么回事儿。"

杜宇沉默了一会儿,像是下了决心,这才抬起头。看了方七一眼,他推开窗户,又四下查看,确定周围确实没有人,这才深吸口气,也不看方七,靠在窗边,看着窗外。这边窗户朝外,搭着禅院外墙,前面不远就是山谷悬崖,外面的云潮被风挟着在青翠的山间涌动,影子散落在谷底,如梦一样地变幻着。

"你猜的算是勉强对了一半吧,我来这里,除了采访,确实另有自己的目的。你应该听说过,我算是归国华侨这件事吧?"

方七点了点头,杜大记者的简历,稍微关注他的人都知道,他父亲是华裔二代移民,母亲是一代移民,实际上杜宇是标准的 ABC(美国出生的人),二十五岁他才回国,几年时间能成为一个有影响力的记者,他的国际背景虽然提供了某些帮助,但那个身份在这个国家也是一种妨碍。

"你知道我上学的时候,读的专业是什么吗?"

方七配合地猜了两个，当然不是新闻，但两个都没对。

"其实是生理。"

方七愣了一下，隐隐觉得有些奇怪。

"也不是我想学生理，但是我爸非要我学，算是逼着我子承父业，继承家族传统。我爸是一个神人，他叫杜醒，神经科学的科学家，在加州理工学院当教授。所以迫不得已，我上了他的学校，当了他的学生，进了他的实验室，没什么其他选择的余地。说实在话，这也没什么不好，直到出事为止。

"那时候我二十一岁，刚开始做硕士课题。我爸给我找了一个博士师兄 Kenzo Chan，跟我合作，师兄是个中日混血，中文名叫陈贤三。他研究的方向……你之前听说过，不知道你还记不记得，'输入神经信号分析'。嗯，没错，就是庄博士说的那个东西。

"这个课题很前沿，师兄是一个很天才的家伙，他的学术天赋超过我几百倍吧。有一天，他在我面前提出了一个想法，从脑神经里面隐藏的远古反射通道里面寻找'后门'，以此来启发大脑的潜能。"

杜宇说得很平静，但是方七的眼睛都瞪圆了。

"眼睛别瞪那么大，是的，没错，就是这个。你以为为什么，我听见了禅院的谣言，就立刻千里迢迢来到这里调查呢？"杜宇深呼吸了一口，"还没说到关键上呢。"

"陈贤三提了这个想法以后，就开始没日没夜地挖这东西。我的方向其实跟他的思路不太一样，所以我也不是特别清楚他的进展。他一直弄了一年半,有一天晚上我去实验室给我爸送消夜的时候,听见他们在实验室里大吵。

"起因很简单,我们的导师,也就是我爸,发了一篇影响因子12.5的大文章,在神经科学领域开拓性地提出'输入神经信号系统分析法'的概念,以及研究思路。文章的第一作者和通讯作者是我爸,第二作者是我。虽然我连那篇东西讲的是什么都不明白。"

后来,两个人决裂的场面像挥之不去的梦魇一样纠缠着杜宇。如果不是亲眼见到,他很难想象自己的父亲会有这样一副嘴脸。父亲满脸嘲讽地躺在椅子上,像无赖一样摊着手说:

"What CAN you do?(你能拿我怎么样?)"

"YOU HAVE NO IDEA.(你一点也不能把我怎么着。)"

陈贤三从办公室冲出来的时候,正撞在杜宇身上,一保温盒的汤全都打翻在地。陈贤三咬牙切齿地瞪了他好几秒,突然平静了,露出冷酷的微笑。杜宇感到毛骨悚然,不敢动弹,连汤烫了胳膊都没有觉得痛。从此之后,陈贤三就和学校失去了联系。

又过了一年,杜醒在参加一次国际会议时癫痫发作。之前他没有这样的病史,也没有这样的家族遗传病史。首次发作的时候,他父亲头一天刚刚做完课题,第三天有研讨会,讨论怎么把输入神经信号系统分析法推广进实用临床阶段,但还没等到研讨会那天,他就在酒店二十层楼上发了病，在一群教授面前失足滚下楼梯，摔死了。

杜宇第四天到达出事酒店，料理了后事。一个月之后，他才觉得不对头。Déjà vu 最开始出现的时候，他也没太在意，以为是突然的变故让自己压力太大，纯属应激反应。

但后来，Déjà vu 出现得越来越频繁。杜宇几乎每个月都会出现至少一次。伴随着 Déjà vu，慢慢出现了典型的伴生症状 Jamais vu，即暂时性失语。这一切似乎都可以理解，说明他们家族的脑神经确实有这样的遗传问题。

那时候杜宇完全没有联想到师兄陈贤三，这个人早就失去了音讯，想必早就离开了科学界。脑科学研究需要巨额资金支撑，个人离开有实力的机构是不可能成事的。父亲和师兄的纠纷成了陈年旧案，杜宇也没有继续做相关方向的研究，就像其他人议论的那样，在科研方面他资质平庸，离开了自己父亲的荫庇，也做不出什么东西来。所以那些事情自然被抛到脑后，和他无关了。

没有想到的是，自己再和陈贤三牵扯在一起，居然是被 FBI（美国联邦调查局）的人找上门来。

他们让杜宇帮忙调查一个邪教组织。

要知道 FBI 会插手邪教组织调查，就已经是很稀奇的事情了，在美国，各种千奇百怪的教派横行，什么样的邪教组织会逼得 FBI 插手？

答案很简单，一个出现才三个月就网罗了上百名亿万富豪，让他们抛家舍业的邪教组织。这不是一个邪教事件，这是一场经济风暴。

"你猜那个邪教组织的操控者是谁？"杜宇问方七，他望着云海，面无表情。

"你的师兄，陈贤三，对么？"方七这时候把各种线索都汇聚了起来。她看着杜宇憔悴的侧脸，不觉一阵心痛。

"我爸确实不知道他能干出什么。他太低估贤三师兄的进展和能力了，他一直以为师兄还处在基础理论探索的阶段，实际上师兄早就已经深入非常可怕的实用领域了。从理论上来说，利用神经后门让人脑有几乎无限的扩展空间，神经系统在上亿年的进化里面，到底掩埋了多少宝藏，是没有办法想象的。我爸对外宣传的一直是这些宝藏可以怎么扩展人脑的能力，但是实际上，如果有人想要利用这些后门做什么，就跟黑客闯进一个没有防火墙的银行一样，可以为所欲为。师兄掌握后门的能力，如果说他是一个纵横互联网的顶级黑客，我们就是还在用打孔机编程的第一代程序员。差距就有这么大。

"现在想起来，贤三师兄应该在之前就已经留了一手，他的研究进展可能在两人决裂之前就被他隐瞒了。也不知道他看出来什么苗头了，还是自己先有什么打算。怎么说呢，毕竟谁都不乐意永远待在一个巨大的阴影下面，自己做的东西，能开宗立派，谁又愿意甘心拱手让人呢？你能想到么？他们两个人曾经情同父子，贤三师兄还是我爸在高中科学大会上发现的，跟着我爸一路读大学、做研究，跟我们一起过中国年。我真不知道师兄当时是什么感觉,别说他,连我都不知道我父亲是这样的人……"

杜宇沉默了一会儿,发现方七同情的眼神,不好意思地笑了一下。"我回国以后,看了金庸的《笑傲江湖》。你知道么?我看到后面,岳不群就变成了我爸的样子,令狐冲就长成一张贤三师兄的脸。我不是说陈贤三是好人啊,你不要误会。我只是觉得,如果没有'葵花宝典'出世,岳不群可能一辈子就是令狐冲的好师父。如果令狐冲不是有主角光环的加持,他恐怕早就入了魔教,发誓清洗武林正道了。

"扯得实在太远了,说回来,总之,贤三师兄用神经后门的手段,在很短的时间内创建了一个势力惊人的邪教组织。他的洗脑能力把CIA(美国中央情报局)和FBI吓得失魂落魄,而且他们都对身价亿万的顶级富豪下手。坦白地讲,我觉得师兄应该是走火入魔了,他可能最开始的时候,只是想弄些钱来继续自己的研究,但是走上邪路就是这样,一步错,步步错。走下去容易,爬回来难。

"我甚至觉得,他是不是只是在报复我爸。我爸问他:'你能做什么?'这句话就像一颗毒瘤一样种在那里,让他发疯,让他变成一个恶魔。

"FBI派了很大一个研究团队,我提供了资料,然后花了半年时间,我们才渗透进师兄的邪教组织。最开始的四个月,我们所有的尝试都失败了,再坚定的探员在进去不到一周时间都叛变了，CIA支援了一批间谍，但什么用都没有。一个人被洗脑，一个月努力的所有成果、计划、网络就全白费了。"杜宇颤抖着苦笑。

"那你们最后成功了么？"方七问。

"当然成功了。从之前我爸和师兄的资料里，我们翻出了一些东西。花了不少时间，FBI的研究团队搞出了一个神经防护办法。这相当于在大脑意识深处埋了一个暗示，抵抗住师兄后门的攻击手段。靠这个东西，FBI最后把这个邪教组织端掉了。"

杜宇说"端掉"的时候，全身不自觉地一哆嗦。记忆中噩梦一样的画面闪现了出来，他拼命地把它们挤出自己的脑海，额头上一下子全是汗。

"所以，你是觉得，这个禅院是陈贤三邪教死灰复燃？"不知不觉，方七把"您"变成了"你"。杜宇讲了这么多自己最私密的往事，两个人的距离自然被拉近了许多。"FBI费了这么大力气，都没有抓到陈贤三？"

杜宇一时没有说话，方七叫了两声他的名字，他才突然惊醒过来。

"不，贤三师兄……抓到了。"枪声，火药味，血腥臭，遍地的尸体。不不不，他的嘶声叫喊如幽灵一样穿过，无人理会。白色的脑浆，像豆花一样。

"那就是说，有可能当时邪教的骨干成员有人逃脱了，对么？"方七问。

杜宇迟钝地点了点头。

"我明白了。"方七表情变得坚毅起来,粉红的脸上露出战士的英气,心想要在这里找到真凭实据,把这个禅院彻底连根拔起。这个看似平静祥和的禅院竟是一座魔窟,庄博士温柔的笑脸后面,不知隐藏着怎样的丑恶罪行。

方七看着杜宇的侧脸,心疼起这个可怜的人来。他从美国跑掉了,从自己预定要干一辈子的事业跳到了一个八竿子打不着的新行业,但是他还是没有办法逃脱自己的命运,那东西就像磁铁一样,一直吸着他。

方七柔声问:"你……恨你的导师……恨你爸么?"

杜宇一惊,这才转过头来注视着方七的眼睛。

"丫头,你会是一个有前途的好记者。"他又苦笑了一下,"不过,我们现在先要把这关闯过去。"

"那,你的……Déjà vu……"方七问,"会不会……"

"一时半会儿死不了,不过呢,"杜宇站起身来,"我本来有个计划,现在看来是不行了。所以新的计划,不妨就从 Déjà vu 开始好了。"

"找下毒的人要解药,天经地义的事情,对吧?"杜宇挑了挑眉毛,笑道。说着他抓起茶桌上的采访机,准备起身。一张小纸片压在采访机下面,被带得飘了起来,杜宇伸手抓过那张纸。

两厘米不到的一片白纸,上面张牙舞爪地写着一个字,占满这张不大的小纸片:

"逃!!!"

六

杜宇不记得采访机是不是一直在茶桌上自己原来放的位置。

他能确定的,是自己晕倒前将采访机一直抓在手上听录音,那时候不管是桌子上还是采访机上,都绝对没有这么一张纸片。

只有他冲出去追方七,让她不要叫喊的那短短几分钟里,采访机被丢在了茶桌上。从他冲出去,到两个人回来,间隔不超过五分钟。

这意味着一个非常可怕的事情:有人一直在暗中监视着他们,对两个人的行踪一清二楚,只有这样才能抓住极短的时间间隙,悄然潜入茶室,留下字条,然后再消失于无形。

杜宇第一反应是摸索了一遍茶室的墙和地板，检查有没有暗门。他的动作慌张而又愚蠢，好像三流的谍战电视剧里的一样。并没有那样的东西，一个普通的茶室，严严实实，没有空心暗格的地板和门，什么也没发现。

"逃！！！"

是什么意思？

杜宇一阵心惊胆寒。留下纸片的是敌是友？是禅院察觉了他的来意，故意留下文字出言警告他，想要把他吓退？又或是禅院里另有他人，明白这里危险重重，担心他们不明就里身入险境，所以要劝他们尽快脱身？

如果是朋友，这个人是谁？是一个，还是几个？又或者是国内的公安干警已经开始在这里卧底侦查？

不好！他们知道这地方到底有多危险么？他们有防御手段么？

一连串的想法在杜宇脑子里炸开，他的眼神惊疑不定。

"我们怎么办？"方七问。

杜宇简单说了一下自己的想法，问方七："你怎么打算？"杜宇可以拿自己冒险，但是不能拿别人的生命当赌注。

方七的回答很干脆："我听你的。既然我们一起进来的，要出去也要一起出去。"

杜宇心里一热："好。"他又仔细看了一眼纸条，字迹很难看，感觉很熟悉。但是他现在不敢轻信"熟悉"

这种感觉。他将纸片叠了一下,藏进了口袋深处的内袋里。

"计划不变,我们要找到切实的证据,证明这个地方跟贤三师兄的关系。更重要的是,我们要证明这个地方在操纵这些人的头脑,这些人做出的一切决定,都不是出于他们的本意。"

"然后,我们把这些事情曝光出去。"方七说。

杜宇没有回话,推开门,两个人一前一后走了出去。

午后的山间,天气骤变无常,刚才就看见风起云涌,现在已经是烈风阵阵,只听得风撕拉着树枝的吼叫。杜宇带着方七一边走,一边凑到她耳边大声喊话,这样她才能听得见。

"我本来想借着采访居士的机会,问他们有没有见到过陈贤三这个人。他们多半会料到我们想要问居士禅院对他们做了什么,但恐怕不会知道我跟师兄的渊源这么深。就算他们安排好居士采访时说什么,也想不到我会拿照片出来突然袭击,但是现在看来,这样可能不行。"

风灌在两个人的耳朵里,几句话喊得杜宇累得要死,走路也很困难,差不多是走一步退半步。方七一面想要维持自己的发型和衣服,一面奋力跟着,她觉得这话里有些不对。

"那张照片里扎着辫子的男人,就是你师兄?"她也只能喊着说话,"不是说陈贤三被抓了么?"

"没有……那么简单。"杜宇回答,"总之,我们现在必须抓紧时间,尽量赶在四点半之前收集到证据,然后坐缆车离开这里。无论如何,不要在这里过夜。"

过夜很危险。在这个地方,当你睡过去,你就无法控制这里会对你做什么了。

"怎么收集?"方七问,"我能做什么?"

一阵狂风卷来,突然头顶喀拉一声,两人都觉得不好。刚一抬头,就看见一支折断的树枝迎面打了过来,杜宇反应倒是快,连忙俯身把方七推倒。树枝擦着杜宇肩膀飞了出去,撕破了他的衣服。两个人有惊无险地滚了出去。

"没事儿吧?"杜宇把方七护在身下,紧张地问,两人惊魂未定,这时候就听见上风口传来连声大叫:"……廊,走……廊……"杜宇抬起头来,看见庄博士在前面努力迎风撑着门,连比画带喊地指着右侧的回廊。被刮下来的树叶在院落里回旋飞舞着,杜宇拉起方七,用自己身体顶在前面,朝右边的回廊逃了过去。

回廊有屋顶,虽然整个木制结构吱吱作响,但好歹风小了许多。庄博士拼命挥着手,杜宇回头跟方七交换了一下眼色,赶忙三步并作两步地冲了过去。

他们都躲进侧厅,庄博士这才一松手,门轰隆一声巨响狠狠地关上了。风嘶鸣着从门缝里往里钻,发出更强烈的呜呜鬼嚎之声。

庄博士见他们没有大碍,也不跟他们说话,快步穿过房间,对着另一边的工作人员吩咐起来。隔着门,杜宇也看见里面忙成一锅粥。"门，挡风板，尤其是玻璃。"庄博士一一指点，指派人手前去处理。里面工作人员行动利索，虽然个个忙得脚不沾地，但做事井井有条。

一个工作人员背好满满一背包行囊，里面大概是防风应急的东西，就要出门去后院。庄博士一把抓住他，又大声嘱咐道："每个房间都要检查到，不要遗漏，尤其是年纪大的居士。所有人都是我们的家人，要保证每个家人的安全！你自己，路上也要小心空中有东西砸下来。"

工作人员点点头，顶开门，迎着风顺着墙根走去。

杜宇瘫坐在凳子上，看到庄博士忙里忙外，不觉冷笑。这样惺惺作态，何必呢？庄博士安排完一轮，这才三步并作两步走回这边的房间。见他回来，杜宇一脸讥讽，抬起胳膊来指着庄博士，冷笑道："院长，这个地方，怕是没有你说的那么安全吧？哎哟……"话还没说完，他就觉得胳膊牵动肩膀引起一阵剧痛，刚才树枝砸到他的肩头，之前没有感觉，现在一放松就痛了起来。

"我给你找点药。"庄博士看了一眼，知道只是皮外伤，一边拉开柜子寻觅，一边说，"不过杜记者，这你还真怪不了我，这山上这么多年也没见过有这么大的阵风，天气预报都说了，今天可能是本地有气象记载以来最大的风。这阵风，我可没怪是大记者你给我招来的呢。"

杜宇掏出手机想看天气预报，才想起来没有信号。方七接过药来，帮杜宇解开衣服，他的后肩肿了一大块。

方七把红花油盖子打开就往自己手心上倒，没有犹豫，倒是杜宇见状脸上一红："我来吧。"

"这里你都搓不到。"方七甩了他一眼，很自然地拽过他的胳膊，一双搓得温热的纤手就把药用力揉了上去。

"啊啊啊……"杜宇连连惨叫，皮肤火辣辣地痛，关节里面也是一碰就痛得不行。他看到方七眼睛一红，才发觉自己不对。这一叫，好像是在说为了救方七他做了多大牺牲一样，他赶忙咬紧牙止住声。

杜宇一边被方七揉着肩，一边向庄博士发难："庄院长，您再三保证这里很安全……"

"今天纯属意外，而且收到大风警报之后，我们马上停止了所有的例行活动，让大家躲起来避难了。这不后面安排来接受你们采访的人我也都紧急喊停，送他们去安全的室内了么？杜大记者你运气不好，百年不遇的事情都被你遇上了，这真怪不了谁。"庄博士笑了起来，"而且虽然皮肉受了点伤，您这不是还有机会英雄救美么？祸兮，福之所倚，对不对？"

方七和杜宇听了这话，脸上都是一红。杜宇赶忙岔开话题说："庄博士，我有几个问题，想要请教你一下。"

庄博士在他对面坐下，看了一眼屋外。

"反正这会儿我们哪里也去不了，请讲。"

"之前采访那位黎锐思先生的时候，他给我介绍了一些你们这里修行的内容。根据我的理解，你们通过一些感觉神经的刺激，来扩展大家的大脑功能，对吧？原话说的是，扩展以后，大脑能获得'类似AR/VR的整合系统'的强化效果。"

"我记得黎锐思是做互联网企业的吧？这个说法……还真有他的特点呢。"庄博士点头，"这也说得大概没错。"

"我毕竟不是专业的，如果说得不对，你就纠正我啊。"杜宇说这话的时候，都是以退为进，摆明了来找碴。"AR是增强现实，VR是虚拟现实。按这个意思，也结合你之前给我们讲的，禅院这里的修行，其实是让大家用自己的意识来有目的地改造自己接受到的信息，对吧？这是AR的意思，至于VR，就更厉害了，能够'梦入太虚'，用自己的大脑凭空创造出虚拟的现实来，想要什么就有什么。"

方七揉得他肩膀已经不像之前那么痛了，就收了手。杜宇感激地看她一眼，方七没好意思接他的目光，低着头在一边坐下。杜宇一边拉上自己的衣服，一边继续说：

"既然是这样，我就理解为什么大家抛家舍业都要来这里修行了，这简直比吸毒还要爽嘛。"

庄博士张嘴刚有反驳的意思，杜宇就伸出手来止住他："不不，庄博士，我的意思不是说这样做不对。毕竟这又不犯法，而且既然人家有需求，我没什么资格说三道四的。我只是联想到另外一些事情，觉得可能你们这边有些问题关注得不够，而这也许就是前些天那位叫杨华明的阿姨出事的原因。"

"哦？"庄博士被他唬住了，"请讲。"

"我刚进禅院的时候，遇到两位居士，他们在打扫外面的院子，你还记得吧？"杜宇听着风声，笑了一下，"唉，可算是白忙活了。当时我看见他们两眼无神，还被吓了一跳，是被你喝了一声，他们才恢复正常，对吧？"

庄博士还没开口，杜宇就接着说道："如果我猜得没错的话，当时他们'沉迷'了，是沉迷在大脑自己给自己造的虚拟现实'太虚幻境'里呢，还是在什么奇怪的增强现实里面，这我不好说，但是就跟网瘾少年一样，他们是沉迷了。你当时出声喝止，脸上都是指责的意思，而且事后他们也一脸惭愧，我想，你们应该本来是有规章制度，有限制怎么使用这些你们为他们大脑提供的新能力吧？"

庄博士一脸钦佩的样子："杜记者你猜得很准，实际上……"

"别急，等一下，等我说完。"杜宇又打手势拦了他的话头，"接下来，中午在大殿里的时候，我看到大家的午课做完，有的人很快就恢复了正常神色，有的人却一直懵懵懂懂的，那么容我再猜一下。同样的功课，同样的大脑功能增强，对于不同的个体差异是很大的，有的人会更依赖，有的人可能很不容易受到神经开发的影响，有的人可能一进去就会很长时间都受到影响，就算刺激停止了还会继续影响他。这就跟喝酒一样，有的人酒量大，有的人一碰酒就醉，有的人嗜酒如命，有的人天天喝但断了也就断了，这我猜得对不对？"

"我服了。"庄博士轻轻摇头，"您这样的人，真是天生的记者，猜的比很多人培训几个月都清楚明白。"在一旁的方七心里明白，要真说起这些东西来，这个人才是真正的本行专家，他要是"猜"得不对，才是活见鬼了。

外面风声愈来愈急，有工作人员过来用木棍把门窗销住，或用板子挡住了窗玻璃。这样玻璃上的压力就减轻了不少，但屋里一下子暗了下来。开了灯，但是在大白天总觉得这人造光源昏黄怪异。

"既然是这样，那我就有个大胆的推测了。如果不对，那庄博士你也不要生气。"杜宇接着说，"那位杨华明阿姨，会不会是在神游太虚的状态下，不知不觉地掉下山去的？"

"你先别急着否定我，你们的工作人员已带我去了禅院唯一一个有可能掉下悬崖的地方，其他地方我也看过了，确实更不可能出事。但是那个地方呢，有明显的警示栏杆，而且栏杆很高很难爬，我跟方七都很难爬过去。"

庄博士听见这话吓了一跳，说道："你们翻过去了？谁允许你们翻的？那么危险！"

"翻都翻了，我们都回来大半天了。"杜宇不乐意听他唠叨，"从栏杆后面到悬崖那几米都是尖锐乱石，非常难走，如果是在正常状态下，我觉得以那个阿姨的身体，就算她想跳，也过不去。"

"但是如果她当时处在那个什么，那个互联网精英叫它什么来着？哦，Inner Universe，这词有对应的中文翻译么？你们就一直这样叫？"

庄博士不好意思地点了点头："本来有，但是大家都觉得翻译得不合适，所以一直也就用这个英文了。"

杜宇就随口一问，也无所谓，就接着这个英文继续说了下去："如果当时她处在 Inner Universe 的状态下，那就不好说了。虽然我不懂啊，但是我知道人体的机能很大一部分是通过神经调节的，在特定状态下，能爆发出超乎寻常的身体机能。所以有没有可能，是你们给她的增强现实状态不够稳定，或者说她沉迷了，自己瞎弄，弄出了问题，结果根本没有意识到自己处在极度危险的悬崖边，就这样把自己摔了下去。"

杜宇说得好像很有道理，但是方七隐隐觉得有什么不对。她仔细一想，明白了过来。杜宇故意没有提后门被锁的事情。如果后门锁了，就算杨阿姨"梦游"状态下身体堪比奥运选手，也翻不出去。杜宇不可能忘了这一点，他这么说，必然有他的原因。

这是一个陷阱！她转过头去看庄博士的反应，果不其然，他连连摇头。

"您这个假设，是绝对不可能成立的。"

"为什么？根据我的理解，禅院拓展了这些来修行的居士的大脑能力，这是一种技能，就跟骑车、游泳一样，你会游了，就是会了。那你们怎么控制他们使用自己的能力呢？人又不是电脑、手机，还可以通过拔电源、断网络来控制，难道……"杜宇颇有深意地看着庄博士，"你们有办法监控他们大脑的思维？"

庄博士不由得叹了口气："您这想象力，也太过天马行空了，我都接不住。我该怎么跟您解释呢？这东西还真的很复杂，三言两语很难说清楚。我只能说，只接受过我们的神经系统拓展的人，是肯定不会出现混淆现实和 Inner Universe 的，就算我们想，也做不到这一点。"

庄博士思考了一下："这么说吧，要让 Inner Universe 达到现实的真实、完善程度，就算是短短一瞬间，也需要两方面的条件：第一，神经系统手段能深入大脑知觉最深处，这些手段不仅要强大有效，而且还要有非常系统的组织，只有这样才能协调几乎整个大脑所有的功能区域。我们并没有那么高级的手段，这种级别的手段，我们在概念上把它叫作第八级别，而这里能使用的手段只到第三级别，就算是全球最顶级的研究院里面，也最多做到第五级别的技术手段。

"这还只是硬性技术基础。第二，就需要接受拓展的人自身拥有极为强大的思维控制力与想象力。这可不是接一个 VR 游戏，别人把所有功能做好，你只用戴上连接装置就好了。大脑的意识世界是你自己独有的，我们提供的只是工具，也就是说，你要自己去开发、思考、想象出整个幻景的一切，包括最细致入微的细节，比如一根发丝、一片落叶、雨滴的形状、玻璃的反光……只有这样，才能做到真假莫辨，这可不是随便一个人就能做到的。"

庄博士又微微一笑，盯着杜宇："也许以杜记者你这逻辑缜密、思维又天马行空的大脑，有可能做到这点，不过也要有第八级别的技术手段才行。"

"院长你说得倒是很有道理。"杜宇点了点头，脸上却不是信服的表情，"但是你这么一说，我这么一听，我也不知道能不能相信你的说法。"

"那要怎么样你才会相信我呢？"

"可能……没有办法吧。"杜宇耸肩，"不就是因为大家都不会轻易相信别人，所以'真相'才让人着迷么？记者相信自己见证的，而不是一家之言。毕竟我不是杨华明，不知道进入那个 Inner Universe 是什么样的……"

只见庄博士眼珠微微转动，开口说道："既然这样，我倒是有一个办法。"

杜宇闻言望向方七，背着庄博士对方七微微一笑，眨了眨眼。方七有些明白过来。庄博士已经被杜宇牵着走了，但要走的方向是……

"如果杜记者愿意，我们可以给您进行大脑拓展，让您亲自体验一下进入 Inner Universe 是什么样的感觉。您有了亲身感受，就不会再有这样的疑虑了。"

杜宇跟方七交换了一下眼神，见方七瞳孔微微放大，他知道这姑娘也明白了他要做什么。"这个是很快就能见效果的拓展么？我看这么多居士一直在这里修行，不应该是一点点循序渐进的么？总不能是你给我一个蓝药丸，我吞下去就行了吧？记者采访可没有几个月的时间，我们都是有任务安排的。"

"这个您不用担心，每个人的接受程度不一样，而且只需要稍微入门有点概念，您就明白了，比我解释更有用。"庄博士让他安心，"何况，您也不是完全的新手嘛。"

"啊？"这话让杜宇心头一惊，什么意思，难道禅院已经知道自己的事情了？一瞬间全身一个过电般的冷颤，他的心跳骤然加速，"你这话是什么意思？"

庄博士看他脸色骤变，并没有什么反应，还是那样轻松地微笑着："您忘了么？中午在大殿里，你们不是已经从中间阶段插进来，接受了半节课的光场视觉刺激了么？虽然可能没有立竿见影的作用，但是也算启蒙了。大脑慢慢消化吸收那些信息，现在应该已经有了基本的反应。如果杜记者愿意，那我亲自来带您入门，针对您的神经情况，定制一套超快入门方案，怎么样？"

杜宇点了点头。

庄博士又去查看了一轮禅院的防风工作进展，来来回回嘱咐了一番，算是把这边的事情都安排妥当，才带着杜宇和方七朝内间的斗室走去。"方七跟着没问题吧？再跟我说说……这个该叫什么？"

"拓展？"

"你们不该有一个高级的专门说法么？"

"就叫拓展吧。"

"好吧,在给我拓展的过程中如果能多拍些照片,回头写稿子也好用。"

"没问题,把闪光灯关了就可以。"

斗室只有方寸之地。

从墙壁一直延伸到天花板,都是几何多边形的隆起,特制的隔音材料,进去之后关上门,一下子就跟整个世界隔离了,墙壁吸收了所有杂音,瞬间杜宇感觉自己像聋了一样。他忍不住开口"啊"了一声,这声音没有墙壁的反射,听起来非常陌生和诡异。

庄博士让他在椅子上坐好,然后用束带把他的手脚都扎起来。束带不是很紧,只是避免他随便乱晃。庄博士一边在额头上给他贴上了电极,一边解释道:"先测一下您的基准神经信号图,根据您的基准信息,我再给你设计方案。"

杜宇笑着对方七叫道:"要是等下你看我脑门冒烟了,记得冲上来拔电源。"

听到这话,庄博士停下了手头的操作,满面怒容地瞪着杜宇:"你觉得,这一切都是一个笑话?"他这样子吓了杜宇一跳,杜宇像被定在那里一样,说不出话来。

"整个禅院,我们做的所有一切,都是严肃而且负责的,麻烦你不要拿这些事情来开玩笑。"庄博士一字一句地说。

杜宇也知道这是自己的不对,收敛起嬉笑,点了点头，没有说话。

前面的流程进行得很快，庄博士给他展示了图，简笔画、抽象画、具象的精确素描、风景图、人物照片，最后是墨迹；接着是文字，基本汉字、字母、名词、动词、形容词，然后是长段文章、描写、论述；声音，基本音符、节奏、和弦、人声、曲目、交响乐、对话；进行到视觉的时候，杜宇还以为是最后了，光场投影瞬间让他转换了几个时空；但还没有完，硅胶机械手顺着他的面颊朝脖子里往下摸的时候，他痒得笑出了声。

"现在我们可以开始了，准备好了么？"

杜宇点点头。

整个房间沉入一片黑暗。

隔着斗室的特殊微光玻璃，方七看见杜宇整个人放松，躺在房间中央。先是声音，微弱，无法理解，找不到意义。然后微光像萤火一样在屋里亮起，飘动着，引导杜宇的头转动起来。隔着玻璃闻不到里面的气味，体会不到环绕自己的整个世界逐渐幻化的感觉，只有在斗室内，才能明白以自己为中心，整个空间的感知怎么律动，怎么配合着自己的心跳和思绪演化改变。

和大殿里那为上百人准备的大课完全不一样，这个房间里所有的刺激信号都是根据杜宇的神经状况生成的，当他感知这些信号时，这些信号也对他的反馈做出响应。杜宇觉得自己沉了下去，原来那个思绪万千的自己消失了，隐成一个孤寂的光点，漂浮在空无一物的浩瀚里。慢慢地，那光点像分裂、像跳动、像点燃一样动了起来，然后周围随着自己的跳动回应了起来，一切开始诞生。

分化、崩裂、创造，然后毁灭。他的意识开始点亮重演亿万年进化史里被隐没的种种，神经曾经不是神经，只是单纯的膜通道，没有什么目的，没有什么原因，离子激发起细胞膜的痉挛，让鞭毛动了起来，没有人知道是在逃避还是追逐。视神经曾经不是为看见而生，只是光代表能量，让海里的自己找到水面，不会沉进冰冷死亡的洋底。脑，没有脑，一个病态变大的神经节，只是让神经信号中转得快一点，如果身体被切成两半，没有脑的那边神经节就会变大，变成另一个"脑"。感觉到热，冷血，寻找太阳，活着，热量比食物还重要……

那些并不曾属于人类，而是属于神经里最古老的，被一层层包裹、失效，甚至变成有害的东西，被掩盖的东西无边无际地浮了起来。杜宇自己的存在消失得无影无踪，如上帝一样，感受着一个宇宙的诞生、变化，无数的东西出现，被毁灭、消亡、扭曲、新生，再被淘汰。

最终，才终于有了人类熟悉的东西，不是意识，而是知觉，听觉和触觉的分野清晰了起来，接着是情感，兴奋、喜悦、欲望。

方七感觉不到杜宇感受到的一切，她能看到的只是顺着杜宇无神的眼睛流转的光和声音，十多只触手一样的硅胶臂随着他的皮肤游动抚摸着，一时间她有些接受不了，好像他是被外星怪物猥亵了一样。

她看了一下时间，二十分钟已经过去了十八分钟，眼看就要结束了。这让方七越来越不安，她知道杜宇要从这里面找出一些线索来，但她不知道他会怎么找，会发生什么。

什么都没有发生，这是最可怕的。

如果真如杜宇所猜想的那样，这一切背后有陈贤三的影子，这个禅院是一个利用神经系统后门给人洗脑的邪教，那杜宇现在就是送上门来让他们洗脑。

FBI当年在他们的大脑里安置了一个防御系统，抵抗陈贤三的洗脑。那是多少年前的事情了？如果他们的手段变得更强，当年的防御已经失去了效果呢？

还有110秒结束。

如果更糟呢？如果那是矛和盾，现在是核弹和反导弹系统呢？在杜宇大脑里的战争会不会把他的整个大脑变成一片焦土？

还有95秒。

在整个生命的演化历史中，人类的诞生不过是最后短短的微不足道的几秒。

还有80秒。

杜宇感觉到了恐惧、愤怒，然后开始有了理智，语言有了意义。

枪声，火药的味道。

"你不知道我能做出什么。"

"世界上没有你这样的父亲。"

"你是不会杀我的。"

"如果你开枪，这里面的每一个人，每一个人，都会死。"

"你救不了他们，世界上只有一个人知道怎么让他们放下枪。"

血，满地的血。

他的手上满是血。

不对，他的手像一个泉眼，通往世界上最深的海沟，无穷无尽的血从他的手上涌出来，淹没了地板。

血往上涨，漫过腿，漫过腰，漫过嘴，血漫了进去，浓稠的铁的甜味。

血漫在斗大的密室里，他挣扎着，想要把密室的墙打碎。

35秒。

主控台上3D投影的虚拟大脑原本流动着丝丝涓流，代表着杜宇的脑神经信号，突然间像无数金蛇从冬眠中苏醒一样，疯狂扭动起来。然后那个淡蓝的虚拟大脑像点亮的白炽灯一样无法直视，脑电波仪上的波纹像疯了一样乱窜。

警报声骤然响起，杜宇在房间的中央开始疯狂地抽搐，手脚的束带瞬间被挣脱，十六只硅胶触手被打飞，相互纠缠着，撞击着。庄博士神色大变，赶忙拉动了旁边的紧急制动把手。

一声轰响，斗室里变得漆黑，然后随着窸窣之声，斗室里慢慢重新亮了起来，硅胶触手被收回到天花板，味觉触媒和光场投影烟雾被管道吸了进去，刚才光幻流转的房间现在变回了死寂的斗室。

杜宇像死了一样瘫在椅子中央，四肢无力地垂着。

七

庄博士利落地拨开门锁，拉开门冲了进去。方七把相机往台子上一丢，紧跟着跑进斗室，生怕落在后面。外面的警报声从背后的门泄进来，消去了大半，只剩下脸色惨白的杜宇倒在地板中央一动不动。

"你不是说绝对没有危险么？"方七高声责问庄博士，博士没有理她，翻开杜宇眼皮，从口袋里掏出手电，对着他瞳孔里摁亮。杜宇瞳孔缩了一下，庄博士就放下半分心，晃动了一下手电，杜宇的追光反射正常。

庄博士指示着方七帮忙把杜宇扶起来，碰到肩膀的时候，他呻吟了一下。博士一边用手电左右晃动刺激他的眼睛，一边对着他大声喊话："杜记者？杜宇？你能听得到我说话么？"

庄博士连喊了他好几声,杜宇脸上的肌肉才有了反应。他反射性地伸手挡眼睛,庄博士才稍微松了口气。

"你能听懂我在说什么吗?"庄博士盯着他。

杜宇张嘴,却只是发出了两个怪音,他啊啊了两声,发觉不对。

"你能听懂我说话么?能,就点头。"庄博士脸色一沉。

杜宇点头。

"说:'能听懂'。"

杜宇张开嘴,啊——哦——哦了几声。他也听到自己说得不对,想要纠正,但还是发出几个怪音,他慌了。

"好,不要急,先不说话。"庄博士指示他,"竖起四根手指来。"

杜宇竖起四根手指,动作很利索。

庄博士看了方七一眼,她满脸焦虑。"语言理解和动作都是正常的,还好。"

"你现在清楚你是谁,你在哪里么?"

杜宇感到一阵晕眩。自己是……不对……自己的名字是……脑海里浮现出一张脸来,一张扎着马尾的男人的脸,他觉得一阵厌恶。不对。他要找这个人,这个人是……

脑子里一阵撕裂般的剧痛,他的手一紧,感觉到自己抓在一只纤细嫩滑的手上,是一个女人的手,手回应地握紧了他。他侧过头去,看到这个姑娘。

自己见过她,很熟悉,非常熟悉,她叫什么?无数个影子闯了进来,长裙、短裤、泳装,各种各样的表情,跟着自己,牵着她,搂着她,吻她的额头,还有……

不对,不对,不是,错了。

脑子里一团乱,各种片段纠缠在了一起,不知道是记忆还是妄想,像破壁料理机一样把一切弄成了一锅粥。这是哪里?对,这是哪里?加州理工?堪萨斯州?

在无边无际的玉米田里面,一个显然从未下过地、手上带着鼠标茧的白人对他微笑,伸手说道:"我们都是家人了。"

背后的聚居地里站着洋溢着幸福笑脸的人们,大家的笑脸一模一样,像稻草人一样随风摇曳着。

他的眼睛开始失去焦点。

一道强光闪进眼里,庄博士的手电开到最大,刺了他一下,他惊醒过来。

"集中注意力,看着我。"博士从口袋里掏出一张白纸,一边写,一边说,"我在这纸上写字,然后给你说四个选项,你看哪个是对的,一、二、三、四,用手指告诉我。"

博士写了一个"边"字。

"一,岩;二,边;三,禅;四,院。"

杜宇右手伸出的食指和中指打直,小指跟拇指相衔接,但无名指半弯着,也不知他是想说二,还是想说三。

"二,还是三?"

庄博士和方七两个人无比紧张,紧盯着他的无名指尖,生怕他把那个指头伸直了,这时候杜宇突然开口说:"边啊!边!二啊!"

三个人先是愣住,然后都一起长长地松了一口气。

短暂的平静之后,杜宇率先发难:"庄院长,你可是再三保证,这个大脑拓展是绝对安全的,安全么?"

庄博士面无表情地看着他。

"杜记者,您这样说,是以为您瞒得过我么?"

气氛骤然紧张了起来。他们已经暴露了么?杜宇紧张起来,慢慢坐直,两脚着地。是这个仪器探测到了他的记忆,发现了自己隐藏的秘密,还是他脑内的防护系统出卖了自己?

对啊,怎么这么蠢!当年FBI靠这套防护系统剿灭了玉米地里的邪教组织,难道他们就没有长点记性,去弄清楚探员是怎么抵抗住洗脑的?这过去几年时间了?他们还没有办法攻破这套系统,难道连发现这东西的本事都没有?

他们知道了多少?

妈的,糟了。

他抓紧了方七的手。

"Jamais vu。"庄博士说。

"啊?"杜宇心中一抖。

"Jamais vu,失语症。也就是刚才你出现的症状。"庄博士盯着他的眼睛,"我说这个词的时候,你的瞳孔很明显地收缩了一下。这是个很专业的词，一般人，就算是记者，也很难有机会听说的，解释一下吧，你为什么会对这个词产生反应？"

杜宇还没有开口，庄博士的脸上已经满是愠色，剑眉冷竖起来。

"我想你对另一个词更熟悉吧？Déjà vu。"博士观察着他的神色，冷笑起来，"看来不用我解释这是什么意思了。你以为这一切，这个禅院的所有东西，都是一个玩笑，一个江湖把戏么？啊？"

博士涨红了脸，大吼着："你以为我说的这些东西，神经后门、感知神经信号系统刺激、头脑扩展，都是骗人的江湖把戏么？胸口碎大石，口吞宝剑？啊？！"

"为什么不跟我说实话！"博士盯着杜宇的眼睛，一字一句地说。

他知道了多少？

怎么办？

打倒他？外面有人么？

警报，不对，警报还在响，一定会有人来。

只有一个索道下山，出得去么？

无数问题冲进杜宇脑子里，他的眼睛盯在方七的胸口。

相机，板砖一样的东西正好可以当作武器！

杜宇的心跳几乎在房间里都能听到。

"你有家族癫痫病史，为什么在我问你有没有过神经方面的疾病的时候，不告诉我？"庄博士的声音降了下来，他深呼吸了一口气，"对不起，我失态了。你刚发过病，不该刺激你。深呼吸，跟着我……吸气……呼气……你心跳太快了，继续……"

深呼吸了几轮，庄博士似乎平静了下来，这才对着杜宇很严肃地说：

"杜记者，我认真地告诉你，人脑不是游乐场，可以任意胡为地乱搞。任何疏漏，都会对大脑造成难以挽回的伤害。我们这里不是江湖把戏，也不是老中医，一句话不说，摸个脉就知道老婆怀没怀孕，好么？你的神经系统已经有风险，就必须告诉我们，感冒了还要给医生说明自己青霉素过不过敏呢，你这是拿自己的脑子开玩笑啊！"

"所以，你们没办法让我体验到你们那个神奇的 Inner Universe 了？"杜宇说。

"以你的情况，恐怕现在不是担心这种问题的时候吧？"庄博士打开窗户，从外面机器上撕下一串报告单，仔细地看着。

"怎么说？"

庄博士头都没抬："你最近是不是 Déjà vu 出现得比较频繁了？除了刚才，还出现过失语的情况么？"

杜宇没有回答。

"你不想说就算了，你自己应该清楚。从我这边对你脑电波的情况判断，你有癫痫发作的风险。不知道是不是这边海拔和气压对身体的影响,你现在的情况不太妙。根据我的判断,你最好抓紧时间,马上就去脑科做全面检查。"博士丢下报告单,转向方七,"我这里是禅院,不是医院,别看我们跟脑神经学有关系,但这里毕竟不是医院,而且这地方山高路远,救护车是来不了的。"

"也不知道风停了没有,要是风没停,这里直升机都没法进出。如果是那样,这就真是跟外界隔绝的孤岛了。"博士说,"我现在很认真地请杜记者你现在马上下山,为了你的健康,马上去医院!"

"不!"杜宇只回答了一个字。

庄博士一脸尴尬,一副难以置信的表情转向了方七:"我不知道是不是我的听力出了问题,刚才他是说了个'不'吗?还是我脑子坏了,出现了幻听?"

"你的脑子很好。可能是我的脑子坏了,但是这没办法,我只能将就用它,又不能去商店买个新的来换上。"杜宇说,"但是我这个坏掉的脑子提出另一种假设,我不知道有没有道理,所以只能请院长你这个很健康的脑子来帮我判断一下。

"这个荒唐的假设是这样的。我发现了这里存在一个你们无法解决的巨大风险,这个风险已经导致了一个人坠崖,差点摔死。你们假模假样地告诉我,只要我尝试一下,就知道这个风险根本是不存在的。

"但是呢,你们知道如果真的让我尝试了,我就会断定这个风险是真的。然后我把报道一发,就是安监局会来，然后就是整顿、歇业，嘣，解散。所以你们没有真的对我进行大脑拓展，也是无巧不成书，我还有那么点精神疾病，所以你们利用我的病电了我一下，就那么一下，诱发我发病，然后你们用这个吓我，让我赶快放弃调查，去住院检查，再也别回来了。这样，你们就安全了。一场滔天大祸，就这样消失于无形。"

庄博士目瞪口呆，扶额无语半晌，才说出话来："杜记者，你好厉害的想象力。我借问一句啊，我是从哪里预先知道你有癫痫病史的？难道你们两个来这里之前，我就蒙圣灵感召，预知了你们要来，还打通你那个不知道在哪里看病的医院，拿到了你的病历？"

杜宇也不尴尬，冷笑道："那我怎么知道，都说脑子坏掉了么，你不能对坏掉的脑子要求太多。"

庄博士扶额闭眼苦笑："算了，杜记者，杜大记者，杜大大记者，我没办法跟您沟通，我只能要求您下山，您怎么想，脑子是你自己的，我没办法。"

"不！"

庄博士也火了，一拍墙。

"这不是一个请求，这是命令，请你离开，下山！你不乐意去医院，是你的事情，但请不要在禅院里发病出事。"

"命令？"杜宇耸耸肩，"如果我没有记错的话，是你亲口说的，你们和禅院的来客之间不是服务者与被服务者的关系，而是相互帮助的家人关系。这里不是监狱，也不是疯人院，你没有强制执行权。你命令的法理依据在哪里呢？"

庄博士气得浑身发抖。

"别生气，别生气。"杜宇给他个台阶下，"我明白，你就是担心我在你这里出事，对吧？你可能不太明白，作为记者，来采访就跟贵禅院不是服务关系，而是对等独立的。只要不是你们把我推下山去，你们本来就不对我的安全和健康负有责任。"

"你们……早上翻栏杆到悬崖的时候，也是这么说的吧？"博士说，"这不是第一次了。"他深吸一口气，"我不管你怎么想，在我看来，只要来这个禅院的，就跟我的家人一样，也许法律上我不负有责任，但……"

"这种家人的话，能不能别再说了，我听着别扭。"杜宇说，"这样吧，我给你写一个声明，声明我自己承担自己在禅院时候所有的安全和健康风险，无论出什么事情，不会要你们承担一丝责任，可以了吧？"

博士深叹了一口气，点了点头。他从外面拿出纸来，铺在斗室的座椅上，从胸口口袋里掏出笔来，递给杜宇，就让他写下了字据。笔帽上还夹着刚才的字条，博士看了一眼上面的"边"字，叹了口气，连笔带字拍在了椅子扶手上。

不到几分钟，字据就写完了。博士又找来了印泥，让杜宇签字画押。最后他绝望地看了杜宇一眼，把声明字据叠好，放进上衣口袋。

"如果我没有猜错,你们两个还要接着调查。"庄博士说,"我最后问一句,杜记者你确定你不下山去医院?"他看了一下表,"如果错过了缆车,想下山就要到明天了,如果真有什么事……"

"你胸口处的字据就派上用场了,不是么?"杜宇笑道,"院长你不忙么?不去看看风现在怎么样了?"

博士叹了口气,转身离开了。

警报关上了。

等只剩下两个人在斗室的时候,杜宇身边传来方七幽幽的声音:"你还要抓到什么时候啊?"

杜宇一愣,这才发现他的左手一直紧抓着方七的手。手是他失语的时候意识模糊而一把抓住的,从那会儿就抓着,然后折腾到这时候都没有松开过,方七也没有抽开手。时间已经过去了那么久,都抓到似乎两个人就该永远这样似的。

他还是没有松。

"抓到一切结束吧。"他说,这句话说得自然极了。

"一切"是指什么?

方七没有问,杜宇探出头去,望了外面一眼,庄博士已经走远,四下无人。"这里附近没有人了。"他一把将方七拉到自己胸前,吓了姑娘一跳。

"你……"

方七涨红了脸,没等她说话,就听杜宇轻声说:"我现在百分百确定,这地方和贤三师兄脱不开关系。他们使用的神经刺激技术,就是贤三师兄的。"

他点了点自己的太阳穴,示意脑袋里那个针对陈贤三洗脑技术的防护体系,一个字一个字地说:"一——模——一——样。"

"既然都已经确定了,那我们现在就可以离开这里,将情况报告给警察了啊。"方七说,"留在这里太危险了。"

"不行。这里又不是美国,这边警察也不是FBI。我怎么去报告?您好,警察同志,我要来举报一个邪教组织,他们用世界上最高级的脑科信息学手段给人洗脑,这个手段除了邪教,只有我明白。这里的居士虽然一定会告诉你他们是自愿的,其实他们的意识都被控制了,所以他们说的话都不能信。对了,如果你们派侦查员,回来报告说这地方没有任何问题,也不要相信他,他也被洗脑了,你们只有我可以相信,虽然我只能空口一说,但是你们要听我的?"

杜宇这么一演,方七也明白了。身在其间容易理解,但要给别人讲清楚,太难了。这里面每一句话,都是FBI侦破陈贤三邪教时有过的血泪教训。"……那怎么办?"

"我们要找到实际的证据,带下山。"杜宇早就想过了,"实际的证据有两类,第一是经济证据,证明禅院非法侵占了居士的巨额财产,这就能绕开禅院是怎么做到的来立案;第二是禅院的洗脑技术资料,如果能拿到这些东西,中国警方申请跟美国FBI情报共享,就可以确定这边的邪教本质。没有这两样东西,"杜宇又指了指自己脑袋,"光说我这东西能证明这里是邪教,是没用的。"

"时间不多了,我们要抓紧设法潜入他们的办公室、财务室之类的地方,从里面找到资料,复印出来。今天运气还不错,他们的工作人员都忙着去应付风灾了,是个好机会。"

"这些事情……"方七犹豫地问,她的声音非常忧虑,"宇哥,我们还能赶在晚上的缆车前弄完么?如果来不及……"

"我知道,之前说过无论如何今天要下山。但是既然已经确认这里是邪教大本营,我绝对不能就这样放过他们。"杜宇回忆一闪,"绝对不行。这次我们在暗处,他们在明处,如果这次搞不定,他们就有了防备,再来就没有机会了!"

他看着方七的眼睛,柔声问:"怎么,你怕了?"

方七慢慢地抬头,迟疑地说道:"我……有一种……很不好的预感。"

"怎么说?"杜宇虽然向来不相信什么直觉预感,但是看方七的样子,她说的并不是"预感"。

"刚才,庄博士让你写了一个声明字据,"方七又犹豫了一下,"声明如果你在禅院出事,你自己承担全部责任,与他们无关。"

杜宇一下明白了她的意思。方七是害怕邪教的人有了这个字据，就会毫无顾忌地对他下手。他微微摇头："你想多了。首先，这字据是我主动给他们写的，要不他们就有借口马上赶我们下山……"

"真的么？"方七语气一变。

"你不是在边上么？"

话音刚落，杜宇看见方七娇躯微颤，像是被她自己的念头吓到了。

"宇哥，你那个抵抗洗脑的防御系统，正常起作用的时候，是本来就会让你出现刚才那种失去意识、失语的症状么？"

"从理论上来说，是不会的，这个……"

"那你之前在美国破获你师兄邪教组织一案的时候，你出现这个症状了么？"

"没有……"

杜宇觉得她的手往后缩，人也后退了一步。"怎么了？你想说什么？"

"……我怎么……你怎么知道，他们这次没有攻破你的防御系统？"

杜宇神色一厉："他们没有！"

方七感觉到杜宇抓着自己的左手力气大了起来，她抽了两次，要把自己的手从杜宇掌心抽出来，没有成功。"松手！"她急得大叫。

杜宇一惊，这才意识到自己在做什么，赶忙松开了手。

方七退后了一步。

"好，就算他们没有攻破你的防御系统，你没有被洗脑，那有没有这种可能，他们虽然还不能完全攻破这个系统，通过洗脑控制你，但是他们能像针一样刺破系统的一点漏洞，然后给你灌输一点东西进去。注入一个想法，让你自己主动提出来，还让你觉得这个想法是你自己产生的。"

杜宇闻言一惊，整个人身上也是一冷。

这个事情，真的是他自己的想法么？姓庄的真的没有在这个过程中发现任何蛛丝马迹，发现自己的秘密？

他在操作那个头脑拓展程序的时候，做了什么？

对，为什么自己会突发失语？语言中枢处理的是语言、意识和思维，如果一个不属于自己的思维闯进来，会不会引发一场让语言功能暂时瘫痪的神经战争？

杜宇双手抱住自己的头，十指狠狠箍住自己的头骨，像要抓进去摸清自己的大脑一样。

"不不不不……不可能，不可能。"他连声说，"这是我自己的想法，不是被注入进来的。"

但是方七的这个想法已经像一颗种子一样种进了他的头脑里，疯狂地生长起来。

也许这件事本来就是禅院布的一个局，他们一开始就知道他是谁，所以早就想好了对付他的办法。

不对不对不对。他们根本就是在找自己，把自己引诱到这个隔绝在世外的孤岛。对，这就解释了那个不可能的中年妇女坠崖事件，包括妇女坠崖为什么不死，闹出这么一出戏，都是早就准备好的，为了把自己吸引过来，找到自己。

是的是的。陈贤三留下的遗产庞大复杂，如果他们读不懂，那么在这个世界上还活着，最有可能读懂那些遗产的人就是自己了。他们一定会想尽办法来找到自己，让他来破解这些秘密。

他们是从哪里开始操纵自己的想法的？

糟糕，在大殿的时候，从那半截子光场视觉刺激是不是就已经开始了？自己要姓庄的给自己进行头脑拓展，真的是自己的想法么？还是连这个也是他们注入进来的？

接下来他们要做什么？他们能做什么？

他们已经掌握了哪些手段？

不不不，不能让他们活着抓到自己，绝对不能……

杜宇眼睛圆睁，眼珠子左右飞转望向虚空中，整个面孔僵硬得像石头一样。方七看他那走火入魔一般的样子，已经吓得花容失色，连声唤了他半天。

"宇哥？宇哥？宇哥！"

最后一声大叫，终于把杜宇唤醒，他抬起头的时候，眼角扫过身边的座椅，扶手上粘着一个纸条，上面是一个"边"字。

那是不久前他说不出话来的时候，庄博士写字来让他辨认，确定文字认知有没有问题写的，纸条被夹在钢笔上，自己拿钢笔写生死状的时候，这张纸留在了扶手上。

杜宇隐隐觉得这个字不对头。

他突然想起来了，掏出起风前在茶室里发现的那张被某个神秘人压在采访机下面的字条来。

那张字条上是一个"逃"字。

他把两张纸条放在一起。一个"逃"字，一个"边"字。杜宇看了半天，拿起来叠好，对着灯光看。

"妈的！"杜宇大叫一声，把两张纸条朝椅子上一扔。

两个字的走之底"辶"重合在了一起，几乎一模一样。

八

这到底是怎么回事？

方七看着杜宇，杜宇却没有看她，视线缓慢扫过虚掩的房门。

除了走之底，"逃"字和"边"字的笔画弯折有着明显的相似，两个字都写得很丑，显然动笔的人是从小就没有认真写过汉字。

如果在茶室里留下这个"逃"字的人是庄博士，那他到底是什么意思？是想把他们两个吓走？那他为什么又要给杜宇做大脑神经拓展？

庄博士到底知道哪些秘密？他到底是什么人，他到底想要干什么？

无数混乱的信息在杜宇脑海里纠缠着，如坠进一片深不见底的黑暗里，什么也看不见，想不明白。

斗室里的灯忽明忽暗地闪烁了一下，发出一阵电流的吱吱声，像是魔鬼逼近的暗示。

见他失神落魄，眼球疯了一样地狂转，方七连声安抚他："宇哥，冷静，冷静。这太没有道理了，一切都说不通。他们就是想要弄乱你的脑子！"

没错，坠崖的妇女，纸条，神经拓展，生死状字据。一切如层层罗织起来的网，把杜宇纠缠在中间。到底谁是猎手，谁又是猎物？方七提出的那个可能"自己已经被洗脑"本来已经让杜宇陷入了极度恐慌中，但这两张纸条分明都是庄博士写的字，像是一记闷棍打了上来，反而让他从自我怀疑中清醒了几分。

这太不合理了，如果一切真的都是一张骗他入局的网，如果庄博士真的已经把他洗脑，立下生死字据是注入自己大脑的一个念头，那这个禅院就已经张开了血盆大口，只等着把他们吞下去，连骨头都不剩。

既然这个阴谋已经如此完美，无懈可击，庄博士之前又为什么要给他留一张字条"逃"？如果他当时被吓走，远遁逃离了禅院，不接受神经拓展，那这个"阴谋"岂不是功亏一篑？

"你说得对，"杜宇压下了自己的思绪，"这解释不通。"这个解释不通，反而让杜宇放下了心。可能事情真相远比想象的复杂，然而无论外面的阴谋怎么复杂，只要他们没有潜入自己的脑子里，他的意志和思维还是属于自己所有,那真相就只是外面等待揭示的一个"东西"而已。至少到现在,他应该还是安全的。

方七说:"我觉得,不管这字是怎么回事、是不是庄博士写的,现在都跟我们没关系。"听了这话,杜宇心里对方七多了几分佩服。事情露出狰狞面目时,方七不仅没有慌张,反而更冷静了。"不管他们要做什么,我们要做的都是一样的,找到实际的证据,然后把这些东西揭露出去,让大家知道他们的真相。"

杜宇点点头:"现在最大的问题,是这个鬼地方没网,要不有证据到手,通过手机只需几秒钟就发出去了。但目前这种情况,有一个很麻烦的地方,就是拿到证据之后,我们必须想办法活着离开这个禅院。这地方又只有一条路,就是那个缆车,缆车六点半下山……"这时候他发现方七目不转睛地盯着自己,眼睛里还隐约有盈盈泪光,杜宇停下话头,柔声问道,"怎么了?"

"所以如果这地方有网络信号,听宇哥你的意思,拿到证据以后,你就不打算活着离开这个禅院了,是么?"

杜宇一时语塞:"我……"

方七上前一步,握紧了杜宇的手,四目相对:"不管发生什么,我们都要一起活着出去。你之前向我保证了的,堂堂大记者,不能说话不算数!"

杜宇心里一荡,也把方七的手攥紧了,点点头。两个人认识才不到一天,这时候却好像经历了许多年的相识时光一样。管他是 Déjà vu 的幻觉也好,是在危机中的本能也罢,他暗下决心,无论如何,不能让方七受到伤害。

斗室内的灯又闪烁了几下,两人走出屋来,穿过内室,来到了外间。

透过窗缝和门传来的呜咽风声已经比之前略小了一些,房间里不多的几个工作人员大声沟通着,忙着跑来跑去。两人观察了一会儿,有几个人回头看了杜宇他们一眼,并没有理他们,显然是忙得分不出身来。

这里面没有见到庄博士的踪影,有人顶着风推开门出去,又有人连滚带爬地进来,整个房间朝外面只留着一扇最小的门没有钉住,一次仅容一个人出入。一个工作人员滚进屋里,头发像乱扎的稻草垛似的,紧喘了几口气。

"甲七办公室那边,玻璃碎了,里面一团乱。"这个人一边喘气一边叫道,"来两个人,去帮忙把能搬的搬到甲六那边,我不行了。"没有人有空理他,他又喊道,"赶紧的,东西搬过去以后要把甲六封起来,那边电路也不太对头。"

背后有人没头没脑地回了一句:"你看谁有空?大家都忙着去处理人员安全隐患呢,庄博士说了,一切以人员安全最优先。"

杜宇和方七交换了一下眼神,知道自己的机会来了。

"需要我们帮忙么?"方七上前问道。见到这两个陌生的面孔，这个工作人员很疑惑，没有马上答话，杜宇赶忙也上前，一脸诚恳地补充道："我们是来采访贵院的记者，没想到遇到这样的天气，有没有什么需要我们帮忙的？"

工作人员刚要犹豫，杜宇又补充道："庄博士不是说，来这个禅院，都是家人么？博士刚才也给我做了头脑拓展，那也可以算是一家人了，不用客气。"

工作人员好像明白了什么，虽然有些迟疑，但是环视了一下四周，确实没人抽得开身，于是就点了头："行吧，那就麻烦你们了。"

他从里面桌子找出一张禅院的平面图，指给杜宇两人看："甲区是这边，我们的位置是这里，出去朝右手边走，顺着这个走廊转过去，看门牌就可以了。"

外面的风好像是故意的一样，又大了几分，偶尔还传来不知是树枝还是石子打在东西上的声音，就在这房间里，他们也只能提高嗓门大声喊着，才能在风声中听得清对方说了什么。

"里面碎的东西不用管了，架子上的也不用理，小心不要被砸到就是了。那边就几个箱子，里面是要转移的东西，不是很重，但是要看好，不要被风吹开了，刮走了就完蛋了，对面就是甲七房间。"

"明白了。"杜宇点头，"除了这个，别的房间还有需要帮忙的么？不是说办公区那边缺人手么？"

这位工作人员看了外头一眼，正巧这时候房子的屋顶传来一声哗啦巨响,大约是折断的树枝在狂风下像子弹一样打上来,满屋的人都吓了一跳,抬着头望向屋顶。混凝土的屋顶显然不会有什么危险,但上面的装饰瓦应该是被砸碎了,稀里哗啦响成一片。

大约是被这响声刺激了,这工作人员之前可能还有些犹豫,这下他终于点了头。拿起笔来在平面图上画了几个圈。"外面这边是会客厅,不用管它,甲七现在比较安全,要转移的东西都堆在里面。甲三是院长办公室,呃……"他想了想,在甲三上打了一个叉,"算了,你们不用管它。甲四是财务出纳办公室,刚才还没问题,如果有问题的话就回来通知我们。甲十那边可能不太安全,那边是后勤管理办公室,可能需要保护一下,先就这样吧。"

杜宇心头暗笑,自己要去的恰恰就是你们的院长办公室。如果不是为了那地方,自己为什么要冒险?只是怎么支开这个工作人员倒是有点问题,他一边思考怎么想出点办法,一边点头表示明白。

这位工作人员又看了一下外面,缓了一口气。方七从他的眼神里看出几分犹豫,马上明白他已经不想再出门,赶忙见缝插针地说道:"要不你先休息一下,恢复一下体力。太疲劳了,出去很危险的。"对方显然很高兴听到这话,点了点头,瘫在了椅子上。

这简直是天赐良机,杜宇和方七掩饰着紧张和兴奋,假装平静地顶风推开门。其实谁也没有看他们两个人,风灌进衣服里,方七扎紧一下胸口和领口,杜宇回过头来拉住她的手,两个人低着头,贴着回廊向右边跑过去,生怕这时候遇到了什么人,把他们拦下来。

风时松时紧,像是怪物的心跳,实在不像是这山上该出现的东西。庄博士说这是本地有气象记录以来最大的狂风,看来不假,杜宇倒觉得侥幸,如果不是这天气,恐怕行事就远没有这么方便了。

一路上也遇到了几个工作人员,两人开始还低头躲在一边,生怕被注意到,实际上别人也是深埋着头,一路小跑,刀割一样的风迎面吹来,担心自己的安全还来不及,谁还理会别人的事情?

整个禅院现在是满地残破之物,风里夹杂着飞石和树枝,砸碎了不少东西,不过虽然不时有东西像子弹一样打在天井,溅射过来,但有回廊建筑的保护,倒是没有什么实际的危险。一路有惊无险,两个人终于到了禅院靠外的办公区域。

满眼残破,还有两个窗户没有来得及关上,上面玻璃早已经被打得粉碎,不见踪影,这时候只剩下窗框,像狂躁症患者一样拼命左右拍打着,看来木头也坚持不了多久,快要分离了。半天光景,这地方跟早上来时见到的恬静幽远的园林气息全然不同,像是个脱下画皮的厉鬼。

杜宇三步并作两步,顺着墙来到院长办公室,早上来过,他已熟门熟路。院长室的牌子被风吹得乒乓乱响,但好歹还是在上面。房门锁着，门窗都很结实，玻璃窗虽然没有做防护，但因为离风口远，并没有受损。见四下无人，杜宇冲进院子里，抄起一块碎瓦片，不用说话，方七就配合地闪在一边。哗啦一声，玻璃被瓦片打得碎了个角。杜宇伸进手去，摸到窗户的销子，一拔，风终于找到入口，呼地完成了剩下的工作，将窗户撞出去，残留的玻璃这下被打了个粉碎，差点伤到杜宇的手。

杜宇从窗户翻进去，给方七开了门。两个人一起用力，才把门重新推上。这时候风已经把室内的一些小物件吹离了位，办公桌上一个笔架正滑向地面，方七上去一把抓住，把桌子上几个东西按在桌子上，这才及时保住了院长办公桌的原貌。

桌子上，一台电脑，一个笔架，一个已经被吹翻的文件架，一个水杯，没别的东西了。侧面的博古架和书柜先被两个人从头翻到尾，别说有用的东西，连有信息的东西都没有。桌子上文件夹里的东西方七看了，都是无关痛痒的卫生安排表和厨房采购单。然后就是电脑，开机的时候，杜宇就有不好的预感。

没有登录密码。

这不是什么值得高兴的事情。

桌面上空空如也，打开文件管理器。整个硬盘都空着，像是新格式化过的一样。

妈的。杜宇暗骂一句，对着方七摇了摇头，说："电脑是空的。"方七过来拿过鼠标键盘折腾了几分钟，看上去她对电脑熟练一些,她麻利地启动了硬盘管理服务,查阅有没有隐藏分区,磁盘读写日志(Log)。很快,她也摇了摇头。

"不对,这电脑硬盘通电时间很短,而且最近一个月硬盘通电时间只有四小时,基本上这就是个没有用过的新硬盘。"

杜宇难掩失望之色,两个人又把办公桌里里外外翻了一遍,指望能找到类似暗格的东西,甚至连地板杜宇都不想放过。但是从心底,他明白机会已经渺茫了。果然,一无所获。

"没事,还有财务室,"方七安慰他,"只要拿到禅院的资金情况,有他们侵占居士财产的证据,也是一样的。"杜宇听了这话打起精神来。两个人推开门,也不管它,就任由风卷进办公室里,这样可以更好地抹掉他们的踪迹。

绕了一圈,才找到财务室的位置,天色已经发沉,财务室里面没有玻璃窗,杜宇绕到后面,撬开门才翻进去。

房间里更显昏暗,打开灯,半边墙的铁皮档案柜,上着锁。两个人试着拽了一下,锁很牢。

"找钥匙。"杜宇知道,一般这种没什么外人来的地方,大多数工作人员都会有一个偷懒的坏习惯,把需要好好保管的钥匙随便往边上抽屉里一搁。尤其是这种与世隔绝的地方,平时不会有陌生人进来。不管上面再怎么三令五申，这种恶习就是抵不过偷懒的方便。

杜宇打开桌上的电脑，一边等着开机，一边翻箱倒柜找起来，这抽屉里面明显是有人日常使用，还有半袋扎着口的零食和茶叶，以及写着字的便笺纸。

最下面的抽屉里，有一串钥匙。

钥匙丢给方七，杜宇拉开椅子，站着敲了敲键盘。

登录密码。

杜宇又迟疑了一下，突然想起了什么，拉开抽屉，翻出那本便笺纸来。

果然，上面用潦草的花文手写体写着：

PSD-Family0708

"Family0708"，杜宇输了进去。

"登录中……"进度条旋转起来。

"Got it."杜宇激动中冒了一句英语，方七这时候已经打开了柜门，那里面塞着整整齐齐的文件，归档很清晰，但连开两个柜子，都是些员工合同、薪资单、税务单、采购合同、施工合同之类乱七八糟的东西。关于居士的，只看到一个起居服定制加工的合同文件夹，并没有什么有用的东西。

电脑上跟院长办公室的就大不相同，桌面上乱七八糟铺满了东西，居然还有"新建文本文件.txt""新建文本文件(2).txt"之类的东西，一瞬间杜宇觉得浑身不自在，强迫症都要发作了。

打开两个文件夹看了一下，并没有什么有价值的东西。都是日常的普通开支，他最关心的居士的名单、信息、大额资金流动，还有类似捐赠之类入账信息，都没有发现。

杜宇翻得焦躁，这边方七也走了过来，朝他摇摇头。杜宇更觉得气闷。电脑上的东西不管有用没用，都被他复制进了存储卡里。上面毫无规律的文件目录已经快要被翻完，但关键信息还是毫无眉目。

最后一个目录翻完、复制完，还是没有见到什么有价值的东西。杜宇叹了口气，对着方七轻轻摇头，失望之情无法掩饰。

这时候，他们听到外面传来脚步声，有人来了。杜宇赶忙关掉电脑，取出存储卡，方七早把柜子锁好，两个人从财务室退了出来。

虽然不算一无所获，但也相差不远。

天色越来越暗，倒是风也慢慢小了下去，但因为逆风，还是听不见说话声。出了房间，站在走廊上，方七贴在耳边问杜宇问："那现在怎么办？"杜宇一时也没了主意，怔怔地发呆。这地方也不大，但几个重点位置找过了，仓促之间却又不知道该怎么下手，总不能一个挨着一个掘地三尺吧？

就在他怔怔发呆的时候，方七突然咦了一声，环顾四周起来。看了一圈，她脸色微变，伸手猛地拉住杜宇，说了句什么。逆着风，这话被吹远了出去，杜宇并没有听见，便低头凑上前，方七着急地凑到杜宇的耳朵边，大声喊道："图，那张平面图，之前那个人给你画的那张。"

杜宇知道她一定发现了什么，赶忙从口袋里掏出那张平面图来，在风里图展不开，只好将它拍在柱子上。方七又仔细看了一遍，伸手指向图上的叉。"这张图上，那人画的院长办公室，位置是甲三。"然后她转过身来，指着早上和刚才他们两次来过的那个挂着牌子的"院长办公室"说，"前面是甲七！后面是甲九！"

甲八！那个里面放着崭新电脑，挂着"院长办公室"牌子的房间，是"甲八"！

杜宇心中先是一寒，一股恐惧冲入脑中，然后紧接着就觉得大喜过望。他恐惧的是果然庄博士他们早有准备，在他来禅院之前就安排得妥当无比，连接待采访的办公室都假的，如果不是有这场飓风，又有工作人员一时不察给他们画了图，自己连窃取资料都找不对地方。

"妈的！"他怒骂一句。好在方七心细，要不真的白白错过，无功而返了。

这时候天色越来越暗，风也慢慢和缓，远处隐隐传来人声和脚步声。恐怕是禅院已经把居住区那边安置妥当，回来收拾之前一直没有人手来处理的办公区了。

这时候哪还顾得上许多，杜宇拉着方七就朝"甲三"摸了过去，门自然是锁着的，也没工夫再多想办法，杜宇一脚狠狠踹上去，听见里面锁头崩裂，门被风推着伴着巨响挣开。好在这天气下，响动并不是那么引人注意。

真正的院长办公室布置跟"甲八"那院长室几乎一模一样，就跟刚才的场面重演一遍一样，大风把办公桌上的东西推了出去，只是这回方七没有冲在前面，把它们按下来。满办公桌的东西就这样滚了出去，越来越快，然后接连从桌子上掉了下去。

杜宇一时懵住了。这像是 Déjà vu 的幻觉，那桌子瞬间变得像黑洞一样吸着他，坠下去，坠下去。笔架，笔，纸片，订书机，落下，飞回去，落下，自己比它们落得更快，它们超过了自己，然后再一次出现在桌子上原地，又再一次落下去。

好在他还能控制住自己的心神，拍了拍自己脸，让自己清醒了几分。走到电脑前的时候杜宇有些胆怯，不知为何，他害怕跟之前的那台电脑一样，硬盘通电时间只有四小时。开机，自检，短短几秒时间好像无比漫长，这时候外面人的喧嚣声大了，风已经渐渐平息，连说话声音都能听见了。

"请输入登录密码"。

杜宇不知道应该高兴还是烦恼，他犹豫了一会儿，突然灵光一闪。

"Family0708"。

咚的一声音效响起，桌面刷新了出来。

屋外传来连声惊呼："我去，门和窗户都被吹开了！妈的！里面全是碎玻璃！"

已经有人走进了这个区域。杜宇以最快的速度，一边浏览文件内容,一边翻找了文件目录。文档目录被整理得整整齐齐,对应的目录深度也高达十几层。居士名录资料,巨大的银行账户表……他知道自己终于找到了自己要的东西,开始慌乱地操作着,往存储卡上复制。

这时候,一个目录上五个大写的英文字母像子弹一样打中了他。

"KENZO",目录大小:37.5 GB。

他怔了足足有五秒钟,看到这个名字像过电一样。揣测是一回事,在庄博士的电脑看到这个名字又是另外一回事。他像魔怔了一样犹豫了,没有打开,只是机械地把文件夹往存储卡里一拖,屏幕上弹出了对话框:

"预计还需要15分7秒……"

这个时间没有在杜宇脑子里形成任何概念,好像又犯了失语症一样滑了过去,倒是方七转头朝外面一望:"怎么办?!"

"挨个检查一下,先统计一下损失情况,看看有没有什么重要的东西遗失,每个房间都要仔细检查。"一个显然是领导的声音穿过来,离得还很远,但明显风这时候基本已经停住了。

方七抬头一看,这时候天已入黄昏,周围一片昏红,只有自己这"甲三"开着灯。她马上一跃而起,冲向门口,一把按灭了开关。方七回头看了一眼,没有返回来,而是用袖子拼命地把门上刚才杜宇留下的痕迹擦了几下,然后走出门去,把门掩上。

杜宇盯着进度条，上面的文件名一闪而过，他自己也不知道自己到底是真看清了名字，还是幻觉，也不知道是自己在追逐还是逃避的东西如诅咒一般飘回自己的手里。

门外有了脚步声，脚步声很快，杜宇几乎是预感到了会发生什么，一把抓起存储卡，生拔了出来，电脑发生一声报错的响声。存储卡藏入胸口内袋，他一步踏出，俯身下去按了电脑电源，然后闪身两步离开办公桌，就在这短短不到一秒钟的时间里，脚步停在了门外。

门推开来，灯亮了。

"杜记者，"庄博士的声音传来，"你在这边做什么？"杜宇正弯腰下去，收拾地上散落一地的文具。

他睁着大眼，无辜地抬起头来："不是你们人手都去居住区抗风了，让我来这边帮忙的吗？"杜宇晃了晃手头的东西，"怎么样，里面没出什么大事吧？"

庄博士环顾四周，没有发现什么可疑的地方，慢慢地朝桌子走了过去。"还好，反应及时，虽然从来没有过这么大的风，财物损失是免不了的，不过没有人员伤亡，还算万幸。"

庄博士朝办公桌看了一眼，又看了看杜宇手上的东西。"哦，我的错。"他笑了一下，"是除了你，没有人员伤亡。"

杜宇脸色骤变，跟着庄博士的视线，他发现电脑没有关机。显示器停留在存储卡意外失去连接的报错上，对话框显示着:"有进程阻止电脑关闭,是否强制结束该进程?未保存的信息可能因此丢失。"

心跳骤然加速,庄博士这时候还没看到屏幕,他止住要夺门而逃或者朝庄博士扑上去的冲动,问道:"庄院长,你这话什么意思?除了我?"一边头脑飞转,想要找出一个办法来掩盖过去。

庄博士脚步停了下来,疑惑地看了看杜宇:"杜先生,你真的确定自己不早点去医院检查一下?"他指了指杜宇的肩膀,上面还散发着强烈的红花油的味道,"你连自己的伤都忘记了?"

杜宇本该略放下心来,但这时候庄博士离电脑屏幕只有一个拐角的位置,只要一探头,他就会发现这一切。他赶忙说道:"庄博士,这个房间是干什么的?我进来帮忙收拾的时候,总觉得好像以前来过。然后我发现跟早上到过的你的办公室布置很像呢?但是又不对,我还专门看了,你的办公室不是对面那个吗?那这个是……什么房间呢?"

这么一问,果然敲到了命脉,庄博士愣了一下,哈哈干笑了两声,转过头看着杜宇说:"办公区的办公室嘛,统一采购装修的,布置得都差不多。就是个普通员工办公室,没什么的。"

因为害怕漏底,庄博士紧盯着杜宇的表情,杜宇就装出一副思考的样子,一边把他的视线朝门口那边带。"原来是这样……不过……"他拖着长音,假装想到了什么，但实际上却不知道接下来该怎么办。电脑卡在了关机确认，等多久也不会自动关上，不管自己怎么拖延，只要到时候姓庄的一回过神来，去电脑上一看，就一目了然了。

"不过什么？"庄博士追问道。

杜宇心跳快要控制不住，脚已经挪到了门口。就在他几乎要夺路而逃的瞬间，突然背后传来一声砰的巨响。反射性地回头，只看见回廊对面房间里一个火花爆起，在已经半黑的黄昏里分外醒目。

然后咔的一声，禅院一下子整片黑了下来。

停电了。

九

因为狂风的缘故,从山下一直架到禅院的漫长输电线被拉得东倒西歪。最开始还只是因为电缆被狂风拽来扯去,牵动接头接触不良,导致电压不稳,只是禅院的照明有点闪烁;后面禅院里拉在室外电桩的电线又被吹断了两根,负荷就更不稳定了;之前还好说,天黑下来,照明和其他功能电路这么一打开,变压器直接跳了闸,烧掉了半幅通路。

"留在这里不要乱走!"庄博士指示杜宇。他反应非常快,一边派人去检查电路,一边组织人手回去照顾居士。杜宇只有被丢下不管的分了,毕竟如果晚上真的没有电,那麻烦的事情可就多了。

杜宇等到工作人员都走完了,坐在甲三的门口台阶上，一直没动。风已经基本停了。小心摸着胸口的存储卡，他不知道从里面复制出来了多少东西，能确定的是，居士的名单，还有一堆银行账户信息都复制了下来。

应该够了。

本来应该算是一块大石头落地，但他心里一点放心安稳的感觉都没有，反而觉得好像有什么特别重要的事情被遗漏了，格外地恐慌。

工作人员在庄博士的组织下走得一干二净，黄昏的余晖从黄转红，最后真的沉了下去。人已散尽，却不见方七的踪影。

杜宇不由得担心起来，绕着院子找了起来。这地方也不大，按说方七掩护自己关上门以后，不会走太远，也就是这附近来回两进院子，怎么会找遍了都不见影子呢？

他的心跳开始有些失控。电脑里那个文件夹的名字，像一颗子弹一样打进了他的脑子里。

KENZO，贤三。

他的师兄，他的噩梦。

Family0708，家人，Déjà vu，死于癫痫的父亲。

看到这个名字，就像被封印、被遗忘的恶魔重现，不知为什么，它们总能找到新的肉体在这个世界上还魂。

这个姓庄的到底是什么人？他从哪里拿到的资料？当年陈贤三邪教组织里应该是没有这个人的。他是不是曾经也只是一个普通的科学家，直到机缘巧合，拿到了这个KENZO目录里的资料，然后被恶魔附了身？

杜宇害怕得心脏一缩，胸口存储卡里的那个目录似乎散发着硫黄的味道。那东西离自己心口那么近，好像随时会变成一把匕首，刺穿他的心脏。

就在这时，突然停到背后传来一个女人的声音："宇哥？"他居然吓得一激灵。伴着这个声音，周围的灯闪了两下，亮了起来。工作人员动作倒是不慢，供电恢复了，只是电压还有些不稳，灯还是有些闪烁。

回过头来，自然是方七。她略有些气喘吁吁的，看来还真不是在附近走走。"怎么样？证据都到手了么？"

"嗯。"杜宇点了点头，"虽然可能不全，但是也有一些能用的了。你刚才是去哪里了？我到处都找遍了。"

"刚才从房间里出来，遇到这边的工作人员过来，我就往旁边躲了，然后听见有人过来，推门进到你那边，我本来想从旁边房间搬些东西过来，假装是跟你一起在帮他们干活。但是就在那时候，我看到一个人影走过去，宇哥你猜是谁？"

"能是谁，庄博士呗，这里你还认识谁？"

"不是！是陈贤三！一个扎着马尾辫的瘦高个儿！"

杜宇原来坐在台阶上，听了这话噌地站了起来，一把抓住方七的肩膀："你说什么？你看到了谁？"他觉得自己脑子要裂开了，满眼惊恐。

"就是……你之前那个照片上的人啊，陈贤三啊。"方七似乎没有察觉到杜宇的神色，自顾自地说，"我想，宇哥你那个贤三师兄既然在这个禅院,那这边的事情就绝对没跑了。他肯定没想到我们会在这里,所以我就悄悄跟着他,想找到他藏身的地方,哪知道突然停电……"

杜宇抓着她的肩膀,满眼惊慌地听她说,最开始是慢慢地摇头,但这个动作越来越大。"不,不,这不可能,这不可能。"他松开了方七,后退一步,"不可能,绝对不可能。"

"我不知道你看到的是谁,但是那绝对不可能是贤三师兄,绝对不可能……"

"应该……没有看错吧?"方七说,"我虽然不认识他,但是我看过照片。宇哥,你要相信一个摄影记者对画面的敏感程度和记忆力,虽然离得比较远,但是从身材、形象和照片上的姿态上判断,那人应该就是陈贤三。"

杜宇不住地摇头,没有说话。

"我最开始也觉得不可能,因为宇哥你说他被FBI抓了。但是我又想,以他的能耐,会不会有办法在监狱里面也能给别人洗脑之类的。我没有想太多啊,但是一般我看美国的电影、电视剧,里面很多坏人都是关不住的,所以我想……"

"你想的是错的!"杜宇厉声大叫,脸色骤变。方七从来没在杜宇脸上看到过这么恐怖和愤怒的表情,而且还是对着自己,她被吓了一跳。"怎么了?我说错了什么?"

"你说的都是错的,贤三师兄绝对不可能出现在这里。你为什么要骗我,你有什么目的?说!"他逼近一步,吓得方七脸上变色。

方七完全不明所以,片刻的害怕之后,委屈和愤怒交杂而上,也上前一步大吼起来:"凭什么他就不能出现在这里?你自己说的,这个邪教明显是用他的技术,你为了确认这点差点把脑子烧掉,你知不知道把我吓成什么样子?FBI了不起啊?他们抓到的人就一定跑不掉是吧?你以为那是超级英雄电影啊,坏人被关进太平洋几百米海沟里的监狱,死也逃不出来?我辛辛苦苦去帮你追查,你什么意思啊?!"

一番话噼里啪啦像机关枪一样打在杜宇脸上,被这么一吼,杜宇这才反应过来自己失了态。还没来得及说什么,方七这时候像一个盛怒下的普通女孩子一样,也根本没有给他说话的机会。

"我有什么目的?你要我有什么目的?我想你好端端地来这里送死,是吧?啊?"方七眼圈一下就红了,"你看看都几点了,不赶快找到证据,我们还下得去山么?我的目的就是第一天认识你,然后就让我看着你死,是吧?啊?"

说着,她的眼泪真的就哗啦一下淌了出来,瞬间就淹掉了大半张脸。这下杜宇彻底慌了神,他愣了一下,还看了一下四周,确认没有人在,才笨拙犹豫地伸出胳膊来,把方七搂进了怀里。被他这么一抱,方七立刻哭得更伤心了,她挣扎了一下:"你走开!"

她没有真用力,杜宇也没有放手,方七也就默默地把他的衣服弄得湿透。

大概过了有两分钟,方七突然止住了哭,然后用力把杜宇推了出去。"好啦,你说不是就不是,来不及了,时间不多,缆车。"她说话的时候还一抽一抽的,所以没说一句整话。

杜宇点点头。两个人往禅院外走,方七越走越觉得身边这个男人失魂落魄,好像一个捡来的丢了操作系统的机器人。

"为什么你说不可能是陈贤三?宇哥,你能心平气和地说一下么?"方七还是忍不住问了这个问题。

果然,这个问题一出,杜宇又站住了。方七回过头看着他,这次杜宇好歹是眼神有了焦点。"因为,贤三师兄已经死了。"他说,缓了半秒。

"我亲眼看着他死在我面前,子弹穿过了眉心。"杜宇说,"是我开的枪。我不能让他落在FBI手里。"

虽然语气很平静,方七见他痛苦的神色,心中明白了一些。

陈贤三与杜宇并不是简单的师兄弟关系,这人再怎么罪大恶极,对杜宇来说,那也曾是一个近乎兄长的人。不管是他与杜宇家曾经的亲密,还是杜宇对他才华的崇拜,虽然他没有说过,不过直到今天,他还是始终称其为"贤三师兄",这也可见一斑。

然而之后却又是这样让人难以想象的骤变,亲人,仇人、恶魔，任何人面对这样的巨变都是难以承受的。

方七没有继续问下去，默默地和他一起朝缆车的方向走去。

两个人从栈道上走过，缆车离自己越来越近了。时间已经是六点二十分，缆车马上就要出发了。

"等我们下去，就去报警，然后很快就能把这边一网打尽了！"方七鼓舞着杜宇，也故意岔开有关陈贤三的话题，她没有再提在禅院遇到那个像是陈贤三的人，也没有去猜那个人是谁。

她也没有提下山以后两个人算什么关系。

杜宇也没有接话，他远远地看着缆车。缆车车厢停在山这边，出了站台，就直着朝山下去。他上下看着钢索，之前的狂风对这东西似乎没有产生任何影响，毕竟这是号称能抵御台风的东西。

"你先上去，我去检查一下这后面绞盘什么的，有没有隐患。"上了站台，杜宇对方七说，"存储卡，你揣好，回头我检查设备的时候别掉了。"

"你还懂这个？"方七一愣，杜宇一把把存储卡塞进她口袋，将她推进了车厢，虚搭上门。"我懂的东西多了。"他勉强在愁容里面挤出一丝笑来，"你以后就知道了。"

方七还在想这话的意思，杜宇就绕到了缆车绞盘的尽头，弯下腰去，也不知道在干什么。

过了几分钟，也不见杜宇动作，方七喊了一声："好了么？"

还没等杜宇回答，就听到站台拐弯背后的栈道传来一个人的声音："等一下！等一下！"

话音刚落，缆车就动了起来。伴着喊声，一个陌生的禅院工作人员冲了过去，喊道："下来！快下来！马上！"

禅院不会就这么放过他们两个，他们虽然一时被别的事情绊住，但发现这两个人要离开的时候，果然是要来拦住的。

就像他们猜的最糟糕的可能一样，这个禅院早就安排好要把他们吞下去，连骨头渣都不剩。只要把他们困在这个孤岛一样的地方，就算普通的传销组织都能对他们为所欲为，更别说是掌握了神经后门技术的邪教组织。

杜宇冲向缆车，方七在车上，慢慢地驶离站台，离站台悬空的边缘越来越近，她拉开缆车门，伸出手来："快！快！"

追来的人身后，又转出一个人来，两个人拼命叫喊着："下来！马上下来！不准上去！"

杜宇本来离缆车要近一些，但跑起来，却明显没有那两个年轻的精壮小伙子快。三个人的距离越来越近，缆车也眼看就要驶出站台。

"宇哥！"方七大喊，她半个身子都探了出来。听她一喊，杜宇速度快了两步。

杜宇离她只有一米远，追来的人还在后面十米远。

杜宇抓住她的手，把她从门上松开，然后用力一推，把她推进了缆车车厢，她还来不及反应，杜宇就一把从外面关上门，然后"咔哒"锁住了门锁，这时候缆车正好离开站台。

杜宇站在站台边上，望着已经没法触及的缆车，而这时候追来的人离他还有五米。

方七愣了一下，这才明白了过来。

他根本就没有去检查什么绞盘。这个骗子根本就不会检查什么绞盘，他只是找了个借口，蹲在那边，骗方七上缆车等着。他算好了距离，等到缆车开动的时候，他假装跑过来，压着速度，好像马上就能上来，这就避免方七跳下车来。等缆车到了边缘的时候，他再冲上来从外面关上门，方七就完全没办法回头，只能自己一个人离开这里。

杜宇到底想干什么？

这个问题其实只用一秒钟，就能想明白答案。

走了，就再也没有机会搞清楚这地方的真相了。

杜宇站在站台边缘，看着方七慢慢变小，这时候才露出真正安心的笑容，他没有说话，方七也没有。

留下来，就不知道能不能活着出去了。

就在两人相对无语的时候，突然一声嘎吱的声音，从站台后面的绞盘传来。

缆车停住了，连缆车的灯都灭了。

两个工作人员冲到了站台边上，一个人对方七大喊：

"你没事儿吧?别怕,我们马上用手工绞盘把你拉上来。"

另一个狠狠地瞪了杜宇一眼:"你真牛!你自己没上去,把人家姑娘弄上去。都给你说了停下停下!电力设备只有三分之一的电!你也看到停电了吧?搞什么啊,缆车不能开!"

过了几分钟,绞盘在两个年轻人的绞动下慢慢地转动了起来。缆车车厢只离开了站台几米,从漆黑的山谷里慢慢升了上来,回到了站台上。

方七走下了缆车,两个人在工作人员的护送下回头朝禅院走去。

整个过程中两个人死一样地沉默着,一句话也没有说。

只有两道手电筒发出的光划破黑暗,映在栈道悬空的石板上。

十

"今天这个样子,两位暂时是走不了了,只能请你们克服一下。"

庄博士忙得抽不开身,安排他们的是最开始迎接两个人的那位张辰。他领着两个人在餐厅吃了晚饭。虽然风灾外加停电,但食物却没有很应付,豆腐、菜心、烧牛肉、豌豆尖蛋花汤。他们和其他居士一起用过了晚饭,张辰就送两个人去了各自的房间。

果然,两个房间安排得很远,一个在头,一个在尾,中间有好几十米的距离,分开,落单,一个个对付。

"怎么两个房间离这么远?"杜宇问。除了"嗯"、点头以外,这是他离开缆车之后第一次说话。方七到现在一句话也没说,两个人就算走在一起,也默契地回避着,连目光都没有碰过。

张辰愣了一下,好像从没想过这是一个问题。"我们男居士和女居士的区域一直就是分开的,各在一边,所以……哦!哦!你们!不好意思!"

张辰又装作恍然大悟的样子,殷勤地说:"没事儿没事儿,我问问能不能给你们重新安排一下,可能可以吧?说不好……"

杜宇本来在担心两人的安危,这时候见张辰一脸原来如此的表情上下打量着他们俩,恨不得上去照着鼻子给他一拳。不知道方七是什么表情,他也不敢转头去看,更不愿意解释,沉住气说:"不用了,你别管了,就这样吧。"

反正就算重新安排,他们给的答复也一定是没有合适的房间。

三个人走到方七的房间门口,方七拿了钥匙,头也不回地开门往里面走。杜宇这时候觉得不说话也不行了,上前一步想拉住她,方七一甩手就抽了回去,头都没回地关上了门。

杜宇手悬在半空,颇有些尴尬,张辰假装没注意到,一鞠躬:"那我就带到这里了,好好休息。院长嘱咐我,还请您注意一下肩膀的伤,还有其他的老毛病也要当心。"

杜宇点头回应。当着张辰的面,他往自己的房间走去。张辰倒是并没有监视他,转身就走了,但是杜宇总觉得在暗处一定有人盯着自己。

先回去，再看怎么办。

开门走进去，房间很简单，除了一张床，外面有一个生活起居的小房间，摆着椅子和圆桌，另外就是卫生间了。如果是经济型酒店，倒也挺大，但是居士长期居住，这也就是仅供睡觉而已。

杜宇紧张地把房间来回翻了一下，确认应该没有什么隐藏的机关之类的东西。

当然，他们一群人要真的趁着自己睡着了对付他，也用不上这些东西。

晚上自然不能睡，而且现在的首要任务是先把方七找到，不能让这个小姑娘独自待着。

杜宇微微打开门，透过窄窄的门缝，观察了一下外面的地形，然后又从房间另一边的窗户看了一遍。从这边到方七的房间是一个弧形，另一边也能通过去。他找来几个橡皮筋，对绑在卫生间淋浴龙头上，打开了龙头。调节了半天橡皮筋的位置，让橡皮筋因为拉伸的缘故，开始朝龙头把手外面缓慢滑动。

杜宇把淋浴开到最大，水哗哗哗响起，借着这个水声掩护，他小心地从窗户边爬了出去，然后关上窗户。

水龙头上的橡皮筋缓慢朝外面滑落，大概五分钟之后，脱了出去，弹飞。对绑的橡皮筋没有了制衡，一缩紧，把龙头把手拉了下来，淋浴随即停止。

这会儿杜宇已经俯身贴墙走到了方七房间近前，他一路数着窗户,一旦搞错,惊动到了其他任何人,就会无法收场。

这里面没有一个无关的好人,只有邪教组织的教首和教徒。

再三确认了位置,他抬起头,伸手敲窗户。

上一次做这种事情,已经是十多年前的中学时期了。

虽然杜宇明白方七是一个顾全大局的女孩子,但是自己现在应该怎么跟她开口说话?说什么?第一句怎么开口?

这不是怎么解释的问题,方七当然明白自己为什么要骗她,把她一个人送下山,这是一个……唉……

窗户还没有碰到,突然一颗飞石从不远处打了过来,准准地打在他的身上,吓得杜宇脸上变色,刚以为是被禅院的人发现,转瞬就明白如果是那样,来的就不是飞石了。

朝飞石来处望过去,果然就看见方七板着脸,隐在树后。杜宇有些尴尬,又有些高兴,原来方七虽然一肚子火,但还是牢记他说的话,一进屋,就找机会逃了出来。而且不用他说什么,方七猜到自己会从后面悄悄过来,也就早早等在这里了。

杜宇心头一阵热,又难受得心里一紧。

他走了过去,站在方七面前。方七眼眉都耷拉着,过了好半天才压低声音开口说:"怎么,这会儿就不让我一个人跑了?"

"先找个地方躲起来再说吧。"杜宇回头望了一下。不知道对方会什么时候动手,但只要动手,马上就会发现他们两个人已经跑了。现在最紧要的是先找个安全的地方落脚。

方七又瞪了他一眼,示意他跟自己走。杜宇跟着方七,也不知道她带自己往哪边走,又是怎么认识路的,也许是白天她追……

杜宇心里抖了一下。

两个人绕过一个后墙,走到了一片小林子,树木已经东倒西歪,难以下脚。他们费劲从里面又穿了过去,然后一下子开阔了起来。这是一个陡坡,坡上是翠绿如碧的溪流,潺潺水声直坠入下面的山谷,远处就是连绵的群山。

被狂风吹了一晚上,漫天无云,只有星光点点洒在林间。山风吹过来,伴着树的气味,远远传来虫子的鸣叫声,只是几步路的距离,突然就仿佛转换了时空,换了人间。

方七这时候转过身来,狠狠地给了杜宇一脚,杜宇自知理亏,不敢躲闪,硬生生挨了一下。

"你就打定了主意,要一个人在这里送死吗?"方七声音里有些发颤,"说好的要走一起走呢?"

杜宇看着她泪光盈盈的眼睛,没有躲避,也没有回答。

方七掏出了存储卡:"证据不够么?如果证据不够,

我们再找就好了,已经决定下来的,一起找到证据,一起走,去报警,就算证据不够,你为什么不告诉我?为什么不跟我商量,就把我一个人丢下去,自己去送死?"

"证据……"杜宇知道再不说话,方七也不会放过自己,终于开了口,"是够了的。"

方七不明白了:"既然够了,那你又是为什么留下来?"

杜宇又沉默了。他转过头,走到岩壁边上坐了下来,眼睛直勾勾地望着群山。

"说话啊。"

杜宇拍了拍旁边的位置:"坐这里。"

"我不坐。"吵架的时候,听了对方的话,就失了大半气势。

"坐嘛,坐这边,我从头告诉你。"

方七这才缓缓地坐在杜宇身边,没有挨着他,但是离得很近,在这安静的角落能清楚地听到对方的心跳和呼吸声。

她跟着杜宇的视线望了过去,穿过群山的缝隙,是一片清冽深蓝的天。

"贤三师兄邪教的事情,还有很多东西,我没有告诉你。

"我说过,我协助 FBI 找到一个屏蔽神经后门洗脑的办法,这样就算他们利用 Inner Universe 试图控制卧底探员的心智,也没有办法做到,对吧?"

"嗯。"方七轻轻地点点头。

"这套屏蔽系统其实本身也就是开启人的 Inner Universe，能让探员率先主动控制住自己的神经后门。打个比方，人的头脑是一个硬盘，师兄的洗脑方法是在某些区域写入一套软件程序，屏蔽系统就相当于抢先在这些区域写了一套程序，来阻止贤三师兄那套程序的运行，所以屏蔽系统本身，也可以当作某种洗脑方法，只是比起师兄掌握的东西，我这套系统太简单，功能弱了很多。

"这么说吧，贤三师兄的洗脑方法，是把他想注入给对方的东西写进去，写什么，是他控制的；而我这套屏蔽系统，能做的，是把接受者头脑里自己想要刻牢的东西刻得更深，这样别人就不能再植入其他新的东西来覆盖它，所以在给 FBI 卧底探员装入屏蔽系统的时候，探员要努力去想自己要刻入的思想内容，他想的是什么，屏蔽系统固定的就是什么。

"在帮助他们创造这个 Inner Universe 刻印的时候，我能大概读到他们要印刻上的思想。每次只能读到一些碎片，但是给不同人做了几次以后，这些碎片拼了起来，我拿到探员们刻入自己大脑的完整思想，也就是 FBI 给他们下达的确保不能让贤三师兄抹掉的任务指令。"

杜宇回过头看着方七，方七迟钝了一下，才回望了他。

"FBI 给他们的指令很多，很复杂。进入思维世界以后，这些指令在我眼里就像很多个气球，或者气泡挤在一起，其中最大、最重要的一条，你猜是什么？"

"我……我猜不到。"方七欲言又止。

"最大、最重要的一条指令，既不是解救被洗脑的信徒，也不是全面剿灭邪教组织，避免邪教再去害人，甚至都不是抓住陈贤三。没有，前面两个气泡非常小，抓住贤三的气泡稍微大一点，但是最大、最大的气泡……"

杜宇心跳明显快了起来，他深吸一口气："是确保最大程度地回收神经后门入侵技术。"他苦笑了起来，"你觉得，他们要这个技术，是要干什么？Heal the world, make it a better place（拯救世界，让世界变得更美好）？"

构建屏蔽系统的时候，杜宇看到的不是一个个的文字，每个气泡里纠缠萦绕着各种各样的意象、画面、相关的思考。"最大程度回收神经后门入侵技术"气泡长着树枝，连着每个探员的理解、联想。

控制，战争，统治，思想警察，1984，铁幕寒冬。

Hail, Hitler!（万岁，希特勒！）

连FBI的探员都这样想，还需要杜宇再去往好处想什么呢？

"所以，我自己争取，费了很大力气，要求跟FBI一起进行邪教组织的捣毁行动。"

一望无垠的玉米地，与世隔绝的农庄聚居地，曾经出现在《连线》杂志封面的前互联网新贵从拖拉机上伸出鼠标茧都还没褪掉的手，对他说："以后我们就是一家人了。"

"FBI的探员们花了很大力气，查封设备、电脑、数据资料。"杜宇干笑了一声,"但是没有人比我更熟悉贤三师兄,他是不会把真正的秘密放在你们能找到的地方的。

"真正的秘密他只会放在一个地方,任何他人都找不到的地方。"

他的父亲,如果知道了贤三师兄真正的进展,也许就会明白陈贤三对神经后门的研究和理解已经远远超出自己的想象和能触及的极限,他是否就不会跟师兄决裂,而继续维持像父子一样的师徒关系?当然或许他也会抄得更放肆大胆,杀鸡取卵,把师兄所有的东西都据为己有。

杜宇指着太阳穴:"真正的秘密,都在他自己的脑子里。"

"师兄曾经给我说过,他自己拓展了自己大脑之后,找到了一个途径,像保险箱一样把那些复杂的数据一丝不差地存放在他的头脑里。只是当时我没有在意,也没想到从那时候开始,他就防备着我父亲。"杜宇摇摇头,"这样说起来,可能那时候他就发现了什么,告诉我这个就是在跟我打边鼓,好让我父亲明白,真正有价值的东西,他根本就没拿到手,别一拍两散,鸡飞蛋打……"

杜宇发现自己陷入了回忆,岔得太远,赶忙拍了自己脑门一下。

"总之,我知道,如果 FBI 要得到贤三师兄的技术,那唯一的办法,就是抓到贤三师兄。"

方七这时候终于明白了过来，浑身一激灵。

"所以，你抢在FBI前面找到了陈贤三，开枪打死了他……"

杜宇并不是为了报仇，不是因为陈贤三对他的父亲、对自己做的那些才杀了他。杜宇必须开枪，他没有其他选择。

如果有其他选择，他不会开枪。或许在杜宇心里，父亲被搅乱了神经、癫痫而死都是罪有应得，而自己不过是父债子偿而已。

方七轻轻地靠了过去，让杜宇可以贴在自己身边，碰到杜宇的时候，他稍微躲了一下，然后身体就柔软了下来。

"你没有其他选择。"方七轻轻地安慰他。

哪知道听了这话，杜宇虎躯一颤，双手失控地发起抖来。"不，你没有明白，你根本就没明白！"

"怎么了？"方七伸出手想要握住他，帮他冷静下来，这次他倒是没有躲避，但整个人像筛糠一样抖个不停。

"那不是事情的结束，根本就不是。"

像是上百只天鹅一样昂起的雪白脖子，像是被上帝之手拽住的牲畜农场，从张开的嘴里长出的枪，大大小小的枪，如同朝下长错方向的树枝。

"贤三师兄给自己留了一个保险，一个只有疯子才会想出来的保险。如果他死了，所有被洗脑的信徒都会自杀，吞枪自杀。"

方七眼睛都直了,难以置信地看着杜宇。

"我拿枪指着他的时候,他告诉了我。开枪以后,这个地方的几百个人,所有的信徒,都会自杀,一起自杀。没有人,绝对没有人能阻止他们。也许今天你们能救下几个,如果你们反应得快,能救下很多个。当然,我不知道你们什么时候摸进来的,所以……给你们算好点,今天能全救下来吧。"

杜宇引述着陈贤三当时说的话,说着说着,不光人称,连声音和神情都变了,他好像回到了当时,那个拿着枪指着贤三师兄的人就这样站在陈贤三跟前,听他慢慢地说。

"但是他们脑子里从此以后就只有一个念头:死。除非你们把他们裹成粽子,丢进橡胶监狱里,从此不接触任何东西。不,我记错了,他们还是会死,他们会一口一口地把自己的肉咬下来,咬断自己的血管,再一口一口地啃掉骨头。"

突然间,杜宇不再说话,周围陷入死寂。只有两个人狂乱的心跳还在继续,像是午夜的邪灵,那个画面在两个人脑海里慢慢成形,挥之不去。

"然后,砰!我开了枪。距离很近,很准,打在眉心。"

"你不相信他说的?"方七问。

"不,更糟糕,我相信他说的每一句话。"杜宇全身颤抖,像是癫痫发作。方七抱住他,那个比她大得多的身躯却像孩子一样缩成一团,想要躲进她怀里。方七不敢问后面发生了什么。

"他们全死了,所有人。"杜宇喃喃地说,"每个人,血喷得像喷泉一样。你知道一个人能喷出多少血么?无穷无尽,喷出两三米远。那么多人,就在我眼前……"

就像几百个喷嘴的血喷泉,伴着枪声的音乐。

"我……"杜宇被保护着,头缩在方七的胸口,柔软的乳房贴在他的耳朵上,他听着方七的心跳,"我不想让你也看到这些东西……"

方七终于全都明白了。

杜宇一直逃避着这段过去,甚至可以假装在这个岩边禅院找到资料,然后报警,自己就可以脱身而去,与他没有关系。但是院长办公室电脑上那个大写的"KENZO"目录,方七以为看到的陈贤三的身影结伴而来,狠狠地戳破了他欲盖弥彰的妄想,提醒他当时发生的这一切。

这个技术落在任何人手里,这个人都会变成一个恶魔。陈贤三是这样,FBI 也是这样,难道这里就不是?

所以神经后门技术不能落在任何人手里,没有人是信得过的。杜宇要面对的并不是找到证据,然后报警,而是把这一切毁掉,清空,让这东西从这个世界上被抹去。否则的话,它一定会像恶魔一样无数次地还魂,依托不同的躯体,彻底改变人类世界的未来。

于是杜宇必须一个人来面对它。如果他失败了,自己就会殒命在这个隔绝世外的禅院里,但如果他成功了呢？

会发生什么？禅院的几百个信徒从洗脑中清醒，就像做了一个奇怪的梦一样，然后高高兴兴地排队下山，自己再一把火把这个罪恶之地点燃，把所有资料清理得一干二净？最后在明媚的阳光下，伴着清风与迎接自己的方七幸福相拥？

杜宇不想让方七看见自己曾经见过的那样可怕的场面，但自己并不知道怎么才能阻止这种可能性成真，更何况，那还是所有可能性里面最好的一个。甚至连杜宇自己一个人死在山上都不是所有可能性里面最糟糕的。

最糟的可能是某个组织完整得到了这个工具，然后用它来改变这个世界。

杜宇是去迎接自己的命运，既然是自己的命运，无论结果如何，都不应该把别人卷进去。

事已至此，他才终于把所有的一切都说了出来。

"你知道，最让我难过的是什么吗？"杜宇自问自答，"最让我难过的，是接触这个技术的每个人，从贤三师兄开始，邪教、FBI，再到这个禅院，每个人都口口声声地说这些古老的神经通道最有价值的地方，是开启了人类大脑的无限可能。拓展我们的 Inner Universe，让我们拥有更广阔的心胸、更超凡的思维，去更好地理解这个世界，甚至能去创造一个属于自己的内在宇宙，然后创造一个全新的、不受束缚的世界。话说得这么动听，但是说这话的每一个人，都用最狭隘、最低劣的意图盯着这东西的洗脑作用,用和猩猩没有区别的心智考虑拿这个棍子怎么样打破其他猩猩的脑袋,从中抢一块肉吃。

"当我们拥有改变自己心智、打开无限可能的钥匙的时候,我们却被旧有的心智死死困在牢笼里,根本不可能正确地使用它。就像动物实验里的动物一样,给它一把钥匙,门后是无穷无尽的美食,隔着玻璃它能看到、能摸到,但它那个小得可怜的脑袋就是找不到正确使用这把钥匙的办法。

"这就是我们人类。"

微风从山间吹来,带来一阵叶子的瑟瑟低鸣,夜沉似水,只有浅浅的星光映在杜宇的脸上,他微扬着头望向远山,像是石像。心跳的声音也带着颤音,方七看着他的脸,那失去一切的脆弱的脸好像一个孩子,委屈着,又期待着。

方七低下头来,吻上杜宇的眼睛,泪水带着微微的咸味。她感觉到杜宇的身体猛地一颤,然后慢慢柔软起来,他的头也抬了起来,贴着方七的脸,轻轻地回应着,吻着方七的薄唇。

心跳的声音狂乱了起来,四周太安静了,安静得什么都能听见,连一点假的矜持都伪装不了。就在这山崖边,身旁就是深渊,杜宇把她抱了起来,褪掉了衣服,把她丢在枯叶的软垫上。

方七柔软的肉体像章鱼一样,紧紧缠住了他。杜宇用滚烫的手颤抖地抚摸着她的脸,将其柔软娇小的乳房握在手中，方七轻声地在他耳边用压抑的声音呻吟着。他忍不住俯下身去，从额头开始一路往下吻着，眼睛，鼻子，唇和柔滑的舌，纤细的脖子，因激动变得颤抖起来的乳房，他继续丈量下去，吻过微微带汗的腹部，方七微微一颤，似乎想要阻止他。杜宇没用什么力气就抓住了她的手，方七就像被钉在地上一样，只得任由他就这样一路吻了下去。

星光如梦，山风似歌。

仿佛就要这样把一切都忘记，抛入山崖，掩在风里。

十一

　　杜宇看着方七潮红的脸，似乎是发现杜宇在盯着自己，方七的脸娇羞着，更红了，他只觉美得不可方物。

　　很奇怪，一阵摄人的心悸从胸口传来的时候，杜宇却觉得不太对，他开始心慌起来。狂乱的心跳中，控制住杜宇心神的不是心动和欲望，而是恐惧，还有悲伤。

　　他放开抚摸方七的手，朝上面伸去，轻轻地用手背再次抚过方七的脸，方七温柔地看着他。

　　然后杜宇知道自己要干什么。

　　他听到自己的声音在脑子里尖叫着，被天灵盖挡着，发出混响，却穿不出去。

　　不要，不要，住手。

　　住手！

他的手抚过方七柔滑如丝绸的皮肤，停在了纤细的脖子上。

然后猛地掐了上去。

方七怔住了，瞪圆了双眼，难以置信地瞪着他。她想要说话，但瞬间就已经发不出声来。赤裸的身体拼命地挣扎，杜宇像岩石一般丝毫不为所动，双手渐渐收紧。

手上传来方七脖子动脉狂跳的触感，她的生命就在杜宇手上飞快地流走，手好像不是他自己的，这一切好像与自己无关，如同附身到了别人的肉体上一样，任由自己死死掐住方七的脖子。

杜宇脑子里一片空白，好像是突然闯入一场放到中途的电影里，完全不明白前后发生了什么，主角在做什么，为了什么，唯独主角是自己。

只有悲伤、愤怒、心碎，如潮水一样涌上来，彻底地淹没了他。

方七的挣扎终于停了，原本潮红的脸已经变得惨白，变得狰狞无比。杜宇一把抱起她，慢慢地，朝山崖边走去。

好像不是自己控制的身体，控制不住流下了不属于自己的眼泪，默默地，如崖壁的翠溪一样。

他最后吻了一下那已经冰冷的嘴唇，然后把方七的尸体朝悬崖下面抛了出去。

杜宇惊醒过来，一身冷汗被深夜的微风吹着，冻得他浑身发抖。他猛地坐起来，转身往边上看去。

身边没有人。

脑子里嗡的一声。

刚才发生了什么？

刚才自己做了什么？

他也顾不得冷，一跃而起，朝山崖边跑过去，停在崖边，朝下面望。星光微微映出了山崖的轮廓，但所有的细节都隐在夜里。

血迹，尸体，总该有什么吧？杜宇惊恐不安地拼命朝下看去，试图找到什么，但又害怕找到什么。他见过从高空坠下的尸体，无论生前再怎么美好的样子，都会变成不可思议的形状，扭曲着。

为什么？

他脑子里像过电一样，明白了。

自己已经被洗脑，被控制了，就像方七怀疑的那样，屏障被突破，脑子里被姓庄的种下了种子。他知道自己在做什么，清醒地感受到自己的每一个动作，但是控制不了自己。

他害死了方七。

杜宇脑子里现在只有一个念头，从悬崖爬下去，去找方七的尸体。

如果掉下去，摔死，那就这样摔死吧。

反正自己已经输得一干二净了。

也许这个想法也是姓庄的种进来的，他们两个人都死在这里，失足跌入山谷，还赤身裸体，姓庄的就拿出杜宇签下的生死状。

那又怎样？他失魂落魄地想，就让他如愿以偿好了。

杜宇恍恍惚惚地刚探出一只脚来，就听到身后传来一声惊呼："宇哥，你干什么？危险！"

他如遭雷击，怕是自己的幻觉，连忙一回头，看见方七只披着一件上衣站在离自己身后不远处，正焦急地望着他。

杜宇脚一蹬就从崖边跳了起来，踩落一片碎石，吓得方七差点惊出声。他三步并作两步冲到方七面前，一把抱住她，然后抓住她的肩膀，仔细地看着方七的脖子，犹犹豫豫地伸手抚摸了一下。

温暖，柔滑，没有一点被暴力对待过的伤痕。

方七觉得痒，又觉得奇怪，但杜宇的眼神让他不敢往后躲，问道："宇哥，怎么了，你的表情怎么像见了鬼一样。"

"这不是幻觉。"杜宇紧张地问，"你不是我的幻觉，对不对？"

"你在说什么啊？"杜宇就这样赤身裸体地站在自己面前，傻兮兮地说着莫名其妙的话，她觉得有些不好意思。

杜宇又摸了她的脸，最后才终于冷静下来。

"到底怎么回事儿？"

杜宇犹豫了一会儿，才慢慢地把刚才自己梦见的事情告诉了方七。他不知道那是幻觉还是梦,一切的细节栩栩如生,如亲历一样。

"好啊,我怎么你了?你为什么要梦见掐死我?"两个人都披上了衣服,挤在一起,方七对他嗔道,"还把我丢下悬崖毁尸灭迹?不行,你得给我解释一下!"

有方七陪在身边,杜宇很快也就恢复平静了。他只是觉得有些奇怪,如果是幻觉的话,为什么那些细节如此清晰,连脖子上的血管、冰冷的嘴唇都那么清晰。如果是梦的话,自己为何会在梦里流泪?

"快!"方七叫道,"快承认!不承认我是不会饶了你的!"

"承认什么?"杜宇不太懂。

"你是真不明白,还是装傻?"方七有点生气,仿佛要她来说很丢人,"你还好意思说自己是学神经科学的,一点心理学都不懂!"

"请大小姐指点。"杜宇笑了。

"都是因为你之前要把我丢下,让我一个人坐缆车下山。你心里有愧。然后我们……那个……以后……"方七脸红了一下,"你最害怕的事情……"

杜宇明白了:"我太害怕失去你,所以,梦见了最害怕的事情。"

方七脸上满是红霞,甚至比之前在梦里高潮的时候更红了。"快,快承认!"

"天哪,我不是已经承认了么?"杜宇问,"你还要怎么样？说吧，要怎么罚我？"他打量着方七的大腿，一件上衣只勉强掩住腿根，如果不是因着夜色掩护，她也没有勇气就这样坐在杜宇身边。

方七剜了他一眼："谁要你承认这个！人家要你承认的是你错了！你把我一个人丢下山！你内心有愧！从现在开始，所有事情都要跟我商量，再要自己逞英雄，我就把你从这悬崖上踢下去！"

杜宇心里一热。他明白这个女孩子是多么的不一样，自己应该与她一起共患难，相互倚仗，而不是自以为是地去充当她的保护伞。如果他自以为是一棵树，也应当把她当成另一棵树，而不是当成树下的一株草，或是盘在树枝上的一根藤。

杜宇终于真心实意地朝方七点了点头。

"我不会再自己逞英雄了。"

两人四目相对，到这一刻，两个人认识才不过二十个小时，杜宇却从未有过这样跟人心灵相通的感觉，好像她走进了自己的心里，自己朝她敞开了一切，好像两人认识了许久许久。

夜更冷了，两个人终于把衣服都重新穿了回去，挤在一起，分享着体温。

背后的禅院还有灯亮着，提醒着他们，这座山上并非只有他们两个人。

"接下来我们要怎么做？"方七终于提到了正事，该面对的总是要面对的，一些事总得处理。杜宇这时候还真没有什么思路。

"刚才，你睡着了，我怕禅院的人发现我们，没敢睡，就在一边瞎想。"听方七这么说，杜宇觉得格外惭愧，又觉得心疼，"宇哥你之前说每个得到这个技术的人，都会变成恶魔。我在想，如果是宇哥你掌握了你师兄的全部秘密呢？"

"嗯？"杜宇一时没有明白。

"是这样的，我是这样想的。先不管怎么做、能不能做到，我们应该先定一个目标。那么第一，我们一定要结束对神经后门拓展技术的滥用，要把这个禅院的黑手消灭。要做到这一点，最大的危险，是庄博士他们会不会像以前的陈贤三一样，在居士意识内部植入被动式炸弹。这种炸弹是在被害者意识的深处，平时休眠，但如果接收不到他们发来的安全信息就会引爆，对吧？所以光是消灭黑手是不行的，要设法解决这个问题。

"所以想要检查这些居士有没有被植入炸弹，或者假如他们被植入了炸弹，能不能有办法拆除，就必须有你师兄的技术。

"这就变成了一个死循环，不能让这个技术落入别人手里，但如果不使用这个技术，这些无辜的居士有可能就会……

"所以我想来想去，就只想到这么一个办法。"方七看着杜宇，"宇哥你想办法拿到你师兄的全部技术，然后解决这一切。"

杜宇的第一反应是，这不可能。不说从哪里、能不能弄到这所有的技术，就算是拿到这些技术，甚至往最好了说，自己存储卡里那个目录里面就是贤三师兄的全部技术，以他的天分和能力，给他几年时间也未必能读懂，更别说仓促之间。

看到杜宇犹豫的眼神，方七没有等他否定自己的想法就接着往下解释："我是这样想的，当然要说一下子都搞明白，肯定是不可能的。但是有没有办法，只是从技术层面上学会手法，不用关心里面的原理，陈贤三是怎么设计出来的，为什么有用，就只是像找咒语一样，把咒语找到，然后再找到解除的秘方来。"

也许真的可以！杜宇突然觉得确实有希望。他看着方七的眼睛，觉得既佩服又心疼。佩服的是，她只是听过自己简单的解释，不过半天时间，就把这事情不仅理顺，而且理解了整个技术的基本结构，还能想出明确的思路来。累了一整天，在这样的巨大压力下，跟困意斗争着，还能想到这么多，光是这点就把绝大多数人甩出不知道多远。令他心疼的是，累了一整天，压力这么大，她还要硬撑着不睡，替自己想办法，在这个死循环里拼命找出一个出路，自己实在亏欠她太多。

"也许，这是一个办法。"杜宇点了头。见他点头，方七大喜。

"而且这个世界上如果说还有谁最清楚陈贤三的技术，那就是宇哥你了！你一定可以的。"

见方七这么兴奋，好像事情都已经真的搞定了一样，杜宇不觉也感到轻松许多。但还是不能不泼冷水："不要高兴得太早了，这里面有一个核心问题，那就是去哪里能找到禅院给这些居士洗脑的技术细节原案资料呢？这种东西，可不是随便存在一个电脑里，像今天一样找个机会就能看到的。"

到现在，杜宇也不知道贤三师兄存在自己头脑深处的秘密是怎么被这里拿到手的。禅院恐怕没有贤三师兄那样的水平，能把秘密藏在自己脑子里，他们也许就拿了一点皮毛，但他们又不傻，肯定是藏得严严实实的。去哪里找呢？

"我……有个想法……"方七看了杜宇眼睛一下，突然有些犹豫，目光都躲开了。

"说呀！"

"我觉得……庄博士，不是这里真正的控制人。"

杜宇一下就明白了方七为什么要躲开目光：那个打扮得如陈贤三一样，消失在停电后的夜色里的神秘人。上一次提到这个人，他的反应太大，以至于方七这次都不敢直说，怕再次刺激到自己。

那个人是谁？为什么会躲在这里？为什么要打扮得跟贤三师兄一样？

死人是不会复生的，从眉心穿过大脑的子弹不会回头。

他突然有一种很荒诞的念头，难道贤三师兄能复制自己的意识，灌进其他人的脑子里，然后让自己的意志占据对方的头脑,让别人最后变成自己?

就像伊藤润二的《富江》一样?

这也太扯淡了吧?杜宇甩开了这个奇葩得不着边际的想法。

不管怎么样,巧合和秘密总是堆积在一起,如果找到这个人,很有可能就能找到洗脑技术的资料。

"那个人,你追丢的时候,他往哪边走了?"杜宇问道。

方七站了起来,沿着禅院依山的方向,指过去。

沿着山势向上,贴着岩壁开凿出来的那座楼,那楼倚着山石巨岩修出来,大半空间都是从整块巨岩里掏出来的,只有小半顺着岩石人工修葺出来,搭出楼的飞檐。就像是模型穿透,站在下面看起来,那像是一座高楼被山岩吞了进去一样,巧夺天工,令人望而生畏。

这也是整座禅院仅有的、在这个位置能看到全貌的建筑。

杜宇点了点头。摸着方七的手有些发凉,他脱下自己的外衣给她披上。

"你睡一会儿,休息一下吧。"他说,"换我来站岗了。"

方七还要反对,杜宇没容她开口:"乖,听话!"

她这才依言缩在杜宇身边,睡了下去。

杜宇背对着她,看着禅院的方向。他到现在也没听到禅院有什么异动,更没有人追到这里。也不知道是他们没有找到,还是自己根本就没猜对,也许是禅院就没把他们放在眼里,根本不需要利用他们睡觉的时候下手。

年轻的女孩子早就困得不行,一倒下就睡了过去,天使一样的睡脸他偷偷看了半天。

天色终于慢慢地泛起了白,杜宇掏出手机来,想看看时间。

已经凌晨五点三十七分。

他刚要放回手机,这时候突然发现手机屏幕右上角那一直显示"无网络服务"的地方闪了一下,爬出一格黑色来,然后艰难地蠕动了一下,信号有了两格。

有网了!虽然不知道有网能有什么好处,但是作为一个现代人,他还是习惯性地激动了一下。

然后通讯社的内部联络应用图标在右上角跳了起来,浮出一个红色气泡,1变到了2。

杜宇点了进去。两格信号,也就是非常差的信号,应用界面里提示一个巨大的感叹号:"网络连接失败,请联网后刷新。"杜宇坚持点了两下刷新,右上角的信号却掉到了一格。

他失望地摇摇头,正要熄屏揣回手机,突然屏幕上有消息跳了出来。

王振军(江安分社内联主任) 昨日10点17分08秒:

"杜宇同志,实在不好意思,给你安排的摄影记者方七同志刚才打电话告诉我说路上大雾,车晚点半个小时,到雾笼岩缆车站的时候缆车已经开走了。她手机信号不好,山上打不出电话又没有网,联系不上你。

"不知道有没有耽误到工作,我已经严肃批评了方七同志。后面有问题我们保证全力协调配合,弥补我们分社这边失误造成的影响。"

王振军(江安分社内联主任) 昨日15点25分19秒:

"杜宇同志,一直没有收到你的消息。雾笼岩遇超级大风,不知你那里有没有危险?如需帮助请立刻联系分社。

"方七同志赶在风灾之前已平安回到社里,勿念。"

杜宇仔仔细细看了两遍,寒毛倒竖,不敢回头。

女孩子睡得正香,发出轻轻的呼吸声,就在他的腿旁。

十二

禅院的规矩是这样，早上六点十五分起床，六点四十五分早餐，七点十五分开始晨钟早功课，一直到九点晨钟结束，之后就是自由活动时间。

六点的时候，杜宇把方七唤醒，两个人从原路返回，从后窗户溜回了各自的房间。房间里没有发现什么异样，门、窗、被褥都没有被人翻动的痕迹。本来杜宇应该感到一些惊讶，但是现在他明白禅院根本不需要这样大费周章。

天色已经蒙蒙亮。杜宇没有马上出门，而是进了卫生间，在里面脱掉了全身上下的衣服，抖掉了衣服上的所有枯叶和木屑。然后他走进浴室，开冷水冲了三分钟澡，他只是静静地站在花洒下面，让冰冷的水从头顶淋下来。

最后杜宇把自己擦干，对着镜子看着自己的样子，足足待了两分钟，才重新穿上衣服，推开门出去。

这时候居士们基本都还没有醒，屋外空空荡荡的，昨天风灾之后还没有收拾干净的碎瓦和残枝格外显眼，但清晨的鸟鸣却依旧如故，也不知道它们在哪里躲过的狂风。

方七早就在屋外等着，她也简单地梳洗过，尤其是头发不见了昨夜的凌乱痕迹，好像什么也没发生过。

从院子往外，就是食堂，从这边进去，再从食堂对面的门穿出，就到了做功课的禅院主殿区域，整个路线设计得非常合理。

虽然还没到正式的早餐时间，但是食堂已经准备就绪，两个人进去取早点，都是包子、粥、肠粉、油条之类的食物。两个人先绕着食堂转了一整圈，挨个都看了一遍，杜宇很克制地拿了两个包子、一份豆浆、一碗粥。师傅友善地提醒："这恐怕不够吃哦。"杜宇笑道："没事儿，不够再来，不要浪费嘛。"

这点东西果然是不够，方七又去打了一碗艇仔粥，拿了一份肠粉，杜宇不等她回来，径自走到靠边的台子上取油条去了。方七走得太急，一个不留神，腿撞在了桌子上。她惊叫一声，手里的托盘就滑了出来，肠粉倒还好，粥这么一晃，立即洒了出来，朝着方七自己胸口溅去。她吓得尖叫起来，杂耍一样想把托盘回拉，挡住粥，这下本来就已经朝前滑的肠粉盘子就没了底，旋转着扣了下去。

接着哗啦、啪、哒哒哒地一阵乱响，粥、肠粉、碗、勺子掉了一地，顺着桌子往地上铺了一大摊，方七将托盘抱在胸口，朝后连跳了两大步，她自己倒是躲过一劫，然后有些尴尬地看着食堂的工作人员。

有人连忙安慰她没事，然后开始收拾。谁也没注意到去拿油条的杜宇已经抽身钻进了后厨。

早点时间厨房里基本是没人的。东西做好，大桶、大蒸箱搬到外面，后厨就清静了。厨房大概是整个禅院最落后的地方，不可能用燃气，电自然也不够，这里大灶多半都用柴和煤，跟杜宇想得一模一样。没费多大事，杜宇找了一桶油，沿着灶边的柴堆和门后满满的储物间浇了些油。后厨还好，柴火和蜂窝煤堆放还算整齐，后面用作柴火堆房的院子本来就是露天的，遭了风灾还没收拾，仍然一团乱，杜宇都不用怎么弄，那里天生就是一个重度火灾隐患区域。

杜宇从灶台余烬里面扒拉了两块红炭，连炉灰一起倒在旁边的柴火上，又把剩下的炭火整个铲出来，抖进柴里。生怕还燃不起来，他又捡了两块蜂窝煤打碎了扔进去。他这明显是多虑了，屋外风一来，焖烧的余烬就变得火红，反倒是外面先起了烟。杜宇赶忙逃离现场，悄悄推开门跑回来的时候，已经能听到后院响起了噼啪声。

这时候，食堂的几个工作人员正在清理方七弄出来的烂摊子。生怕火灾被发现得太早，杜宇还硬拉着工作人员赔礼道歉了半天。过了足足有五分钟，才有人喊了起来："后面起火了！"

这时候已经有几个居士结伴进了食堂，两个工作人员赶忙领着人出去躲避，剩下的冲进后厨去救火。从食堂里走出来，发现后院上方已经看得见发黑的烟柱，还隐约能看见火苗。一天的风把煤和柴都吹得干透，正干柴烈火地烧了起来。

这时候前来吃饭的居士正三三两两地过来，整个场面顺势就乱了，杜宇和方七悄悄转身从人群中溜走，朝另一边那依山而建的藏经楼走去。人群混乱和惊呼声里，还伴着柴火噼里啪啦的炸裂声，一条火舌冲了起来，点燃了后厨的顶棚，这下谁也没注意到他们两个的异样。

离开了人群，两个人一路小跑，沿着山脚绕了小半个圈，来到了藏经楼脚下，门口有三个工作人员守着，虽然没有配着警卫保安的制服，但很明显他们的身材、体魄跟普通工作人员不一样。杜宇快跑两步近前，也不等他们问话，就率先开口："起火了！食堂那边起火了！快去救火！"他边喘气，边解释，"那边让我们来喊人，所有人都去救火！烧得好吓人！"

这三个工作人员愣了一下，但没有动身。杜宇知道这算是来对了，大叫："去啊！愣着干吗？再晚就烧没了！等下火烧到住宿区，连成一片，这里就彻底完蛋了！"

如有神助一般，杜宇话刚说完，一股山风吹过来，浓浓的黑烟正朝这个方向飘了过来。本来这个位置被山势挡着，看不见厨房，但浓烟一起，再迟钝的人也明白发生了什么。

为首的人迟疑了一下，朝外面走了几步，伸长脖子要看看情况，后面的两个人虽然没有跟上去，但也侧过身想弄清楚情况。杜宇和方七互望一眼，悄声无息地绕到两个人背后，杜宇挥舞准备好的木棍啪的一声打在对方后脑上，怕不够力量，还拍了两次。别看方七身材娇小，却比杜宇利索得多，抬手干净利落地打在另一人后脖颈上，那人一点声息都没有地倒下了。

木棍的声音惊动了前面的那位，他刚一回头，杜宇就冲了上去。杜宇虽然身材高大，但没有练过，真动起手来并没有优势。木棍一抢空，对方就近身扑了上来，没经历专业训练的人近身缠斗等于废物，杜宇胸口立即就挨了一个肘击，然后反身就让人拧住了胳膊，一甩，他就被反拧绑住了。然后杜宇就觉得喉咙一紧，脖子被粗壮的胳膊牢牢锁住，呼吸不上来。他拼命挣扎，想要蹬腿，却发现重心被压了下去，膝盖弯了下去，一丝力气也发不出来。

杜宇用全部的力气抓牢木棍，死也不松，拼命往自己头后面乱击，但是打在对方肌肉上并没有太多用处。

他无法呼吸，意识越来越模糊，在以为自己就要完蛋的时候，杜宇听到后面一声闷响，脖子上的压力一松。

"宇哥，没事儿吧？"方七手刃都没有松，担心地问他，杜宇看着这个石头一样自己怎么也打不动的汉子就这样闷头倒下，不可思议地看着方七，缓了半天气，才说道："没……还活着……"

两个人费了阵力气把三个人捆起来，堵住嘴藏进藏经楼拐角的草丛里，然后推开门，进入了这半嵌在山里的九层塔里。

两个人很谨慎，这楼外面戒备森严，恐怕里面也不是那么简单。他们轻手轻脚地顺着边走，生怕触动了什么东西，或是被人发现。

一楼倒是寻常模样，转过楼梯，二楼就变了样子。虽然整个禅院所有东西都是用现代建筑技术翻新过的，但其他地方内部结构上还保持着中国传统建筑的风貌，但这藏经楼从二楼开始，却是典型的现代实验室建筑。

操作台、实验台、隔离间、靠墙的手术台，以及从不高的天花板悬下的吊缆和多功能移动平台，神经检测设备的电线垂下来，像热带红树林一样，他们穿过隔离罩和垂帘，走在巨大电子怪物的身体里。

杜宇不觉放慢了脚步。

可以清楚地分出实验研究、手术测量、神经定量监控、数据分析的各个功能房间。他认出这些只用了不到五秒的时间。不是因为这些功能分区真的那么不一样，真的像标准实验室样板设计那么标准，而是因为熟悉，熟悉到令杜宇害怕。

这一层不大，如果说面积，堆进这么多东西，已经显得局促和狭窄了，就像杜宇父亲生前主管的实验室一样。这是个一模一样的复制品，从他父亲的实验室，也就是陈贤三实验室复制出来的实验室。一模一样，功能布局、样式，甚至连设备的型号都一样。他甚至能看到角落里那个性能很差的老式冰箱。这让他恍惚起来。

那个冰箱底层的最里面，有一个不知道哪一届学生违规使用设备而留下的半盒冰激凌。一直没人管，等发现的时候连生产日期都褪色了，于是就像吉祥物一样留了下来，是石板路口味。每个新人进实验室都会有前辈送他一盒一模一样的冰激凌，贤三师兄也送过杜宇一盒，太大了，吃到撑死。

杜宇像着了魔一样盯着那个冰箱，想要伸手打开来看看，里面是不是有那半盒冰激凌。他知道不可能，但是这个念头他完全抑制不住。他迟疑地、缓慢地朝那个冰箱走过去，手完全不听使唤，抓上了那个冰箱把手。

就在他压抑着恐惧的心跳，要把冰箱门拉开的时候，前面传来方七的声音："宇哥，这个门是密码锁，打不开，怎么办？"

这声音像是破魔的咒语一样救了杜宇，他抬起头，看见这一层朝外出去的门上是一个密码锁。他穿过实验室，走了上去，推开挡路的椅子，越走越快，想要验证什么一样，拉动了密码锁的面板。

070813。

滴的一声，门上电磁锁开了。

方七推开半扇门，就要走出去上楼，一回头却发现杜宇没有动。他怔在原地，对着密码锁发呆。

是的，这是杜宇父亲实验室的密码。世界上只有四个人知道这个密码的意思，杜宇的父母、杜宇和陈贤三。在一年圣诞节的时候，陈贤三来杜宇家吃饭，喝多了的父亲搂着母亲告诉他们，这是他遇到自己灵魂伴侣的日子，2007年8月13日，父母都喝得有点多，陈贤三和自己反倒羞得满脸通红。

杜宇只觉得自己落入了一个噩梦里，挣扎不出来。

"宇哥，赶快啊！"方七叫他。

他点了点头，刚迈出半步，又停下了。"等一下，回来。"杜宇叫住方七，"那边，你看那边的房间。"

那是一个类似手术室的房间，满是检测神经信号的传感器连着线盘成了一个尾巴一样的东西，拖在供人躺卧的手术台边，颇为凌乱，手术台上随手丢着一件白大褂，也不是特别干净。

"你去看看那件白大褂上有没有什么东西。"杜宇吩咐方七，"我去旁边的检测电脑检查一下。会不会是他们正在用这个东西的时候，出了事情，比如碰上停电或者刮大风。如果是这样的话，里面可能会留下我们想要的资料。"

两个人快步走了过去，方七推门进去，杜宇在门口的那台连接着里面设备的电脑上检查了起来。方七里外翻了个遍,连大褂内外都翻出来抖落了几下,什么也没有发现。

"什么都没有,你那边呢?"方七在房间里问,一边推门出来。

她推了两下,门都没有开,她敲着玻璃喊杜宇:"宇哥,门从你那边带上了,给我开一下门。"

杜宇从电脑边起身,慢慢地走到门口,隔着玻璃看着方七。

"这个门是带不上的,是我锁上的。"

杜宇盯着方七,脸上瞬间颜色更变,眼睛里透出复杂的神色,然后变得暴跳如雷。

"骗子!你刚才还答应过我,所有事情都要跟我商量,绝对不会自己一个人逞英雄的!"她用力地撞门,这个操作间所有东西是按防暴标准做的,根本纹丝不动。

"没错,"杜宇平静地看着她,"我亲口答应过方七,所有事情我会跟她商量,绝不会一个人逞英雄。但问题是,"他吸了口气,"你,不是方七!"

方七好像没有明白他在说什么,困惑地看着杜宇,语带关切:"宇哥,你……还好吧?"

"多谢关心,好得很。"杜宇说,"你也别再演戏了,说吧,你到底是谁?"

方七不解其意,眨了眨眼睛:"宇哥,你在说啥啊?什么叫我是谁?我还能是谁?难不成我是半夜里出来的山精鬼魅，把方七吃了不成？把门打开！"

"你当然不是半夜里出现的，从昨天我第一次见到方七，就是你，没错。但问题是，在这之前，我从来没有见过江安分社的摄影记者方七。我不知道她长什么样子。我唯一见到的方七就是你，但你不是方七，那你是谁？"

方七这才察觉不对，沉声问道："宇哥，是谁让你这么想的？是谁告诉你我不是方七的？"

"够了，不用再装了！"杜宇掏出手机来，"今天你睡着的时候，我的手机有了信号，只有几秒钟，但是就这几秒，我收到江安分社内联主任给我发的信息，说方七没有赶上缆车，已经回分社了。如果江安分社的摄影记者方七没有赶上缆车，那赶上缆车的你，是什么人？为什么会出现在这里？为什么自称方七？"

其实杜宇心里已经有了答案，这答案顺理成章。但是杜宇却想听她解释，怎么解释都好。也许，就算只是有那么千万分之一的可能也好，也许她不是禅院的人，不是来骗自己的，不是一个为了引自己入局而不择手段的骗子，那一切不是假的。

杜宇在等她狡辩，以为她会说"一定有误会"之类的话，但方七脸色一变，柳眉倒竖，厉声命令道："你把手机上的那个消息调出来给我看。"

杜宇点亮了手机屏幕，手机电量已经不多了，但还能坚持。信号还是空的，他打开了通讯社内联应用，然后才猛地想起有什么不对。

应用界面上巨大的红色感叹号又跳了出来,几乎占据了半个屏幕。

"网络连接失败,请联网后刷新。"

通讯社内部开发的简陋软件,不联网连老的聊天记录都没法打开,所有功能必须在联网后才能启用。在网络发达的现代世界生活太久,这个问题连漏洞都算不上,从来没人想过要解决这一问题。

杜宇一时不知该怎么办。

"你找不到那个所谓的'方七没赶上缆车'的消息,对不对?"方七在房间里面,隔着玻璃,手机正面朝杜宇的方向,她只能看到背面,"你以为你看到的那个消息,但是现在根本找不到它。"

"那是因为网络问题!没有网络,就打不开!"杜宇急道,他明白方七要说什么,"我看到过那消息,有两条消息。上午一条是说方七没有赶上缆车,下午一条是说风灾来了,方七已经平安回到社里。"他一边拼命试图刷新手机,一边抬起头来盯着方七,"不不不,你不要想搅乱我的脑子,住嘴,住嘴!"

方七并没有听他的。"我知道的,你肯定觉得自己看到了那两条消息。你以为你以前看到了,因为那是你脑子里的记忆。但是那些记忆都是假的,你好好想想,这里从来都没有信号,怎么会偏偏在我睡着的时候,手机就有信号了呢?如果那是真的,宇哥你为什么不截图呢?你那么谨慎的人,为什么会想不起来没有网络,这个软件就没法打开这么简单的事情呢?你想想,这些东西都不符合常理,因为那些事情根本就没有发生过。庄博士在你脑子里种了种子,这个种子一直在找机会发芽,把我们拆开,让你怀疑我,然后这样才能单独对付你。你想想。

"难道……难道宇哥你以为一切都是假的么?他们想让你相信什么?我是禅院的间谍,对吧?冒充方七,被安插到你身边,来骗你。"

"不是吗?"杜宇反问。

方七怒极反笑:"好,你想想,值得么?为你这么大费周章,做这么一个局……还要……还要跟你上床,图什么?你告诉我,这是图什么?好,禅院也许要你进山,干掉你,那就干掉啊,生死状你也写了,癫痫的老毛病也落实了,干掉你就好了啊!那这里面关我什么事啊!为什么需要我?我在这里的作用是什么呢?就为了……为了送一个人来跟你上床?"

这些问题真的让杜宇懵住了。他本来就没有想明白这些东西,还以为能让方七给自己解释,结果被方七反过来一问,更哑口无言,自己也更迷茫了。

"好,就算禅院真的有什么天大的阴谋,要毁灭人类称霸世界的阴谋吧!就值得、就必须、就非要人来跟你上床不可!杜宇你是猪吗?你自己都没有感觉吗?我们经历了这么多,都是假的,你什么都感觉不到?我是不是爱你,这是不是演戏,你心里就一点数都没有啊!"方方七一边大喊一边痛哭起来，拼命地用脚踢起门来。门纹丝不动，但好像每一脚都踹在杜宇的心头，他胸口觉得一阵阵抽痛。

杜宇不敢再看她，哭声像是海妖的歌一样，他知道自己只要再看着方七的样子、听到她的声音，就会打开这道门。

杜宇倒退两步，终于转过头，丢下方七，朝楼上走去。

070813。

他打开密码锁，像打开潘多拉的盒子一样，无数念头如蝙蝠一样迎面扑过来，杜宇慌乱地低头躲闪，动作既笨拙又毫无意义。

也许方七没有骗他，也许打不开的手机软件里面根本就什么都没有。

也许自己头脑里已经埋下姓庄的邪恶的种子，也许真的是这粒种子阻止自己离开禅院，让自己以为方七是敌人。

也许那粒种子在昨天晚上已经发了一次芽，想让他杀死方七。

又也许这些念头全都是方七为了搅乱自己的神智，要光凭巧舌如簧就把一切翻转回来的二次骗局！

他无法抑制地想起那温暖缠绵、柔滑的舌头。

吸吮着，搅动着。

杜宇知道，自己离崩溃的距离不到分毫。

就在踏上楼梯的一瞬间,他突然回了头,发疯一样冲回实验室。方七以为他终于想明白,回来放她出来,兴奋地大叫起来。但杜宇并没有回头去看她,而是直接冲到角落里的那个样品冰箱边上,猛地拉开冰箱门,扒拉开里面一堆不知道是什么的样品包,胡乱扔了出去,直到掏到了最底层的最里面。

那里什么也没有,并没有褪色的、不知道多少年前的冰激凌盒子。

杜宇瘫坐在地上,长长舒了一口气。

坐了一分钟,不顾方七愤怒的哭喊声,杜宇爬起身,朝楼上走去。

十三

藏经楼一共是九层,以古代的木工建筑水平而言,这已经是难以企及的上限。也就是靠着依山掏出山洞的硬办法——半天然半人工的办法,才保住了结构上的稳固,修出了百年不坏的九层高楼来。

也只有这样,才能在那个时候修出每层大小相同,而不是越来越小的楼。

上了三层,杜宇心中又是一滞。这层与下面全无两样,依旧是实验室的布局,如昨日一样的房间。

一样的密码。

070813,开门,上楼。

一层两层便也罢了,第四层却还是这样。

而且同样空无一人。

如果说庄博士，又或是哪个幕后黑手——如果像方七说的，真的存在的话——在这里弄出一个研究所来，要在这天高皇帝远没人管的地方非法研究神经后门拓展，这是说得通的。再配合人体实验，这么多实验体在这里，藏下一个邪恶的研究所来再容易不过了。

问题是，就算这样，要这么多层一样的实验室做什么？他们从哪里找来这么多的研究员？神经科学家不是在大街上拉传销员，找一间房子往里面一扔，就能出成果。杜宇父亲死后，这门刚刚热起来的课题骤然降温，把全世界搞这个研究的人都抓进来，怕是也填不满。

密码锁，070813，开门，上楼。

依然如此，杜宇慌了神。

自己似乎走进了一个无尽循环的回廊，往上爬，输密码，070813，上楼，然后出现在身后的楼梯尽头，回到原地。

他现在在第几层？

五层，还是六层？

没有楼层标志。

再次往上。

杜宇需要一个数字，一个增加，或者至少是改变的数字，来告诉自己不是走进了一个首尾相接的空间回环。

到底发生了什么？

这是座什么楼？

这真的是一座楼么？

又或者正如方七说的那样,自己脑子里被庄博士种下的种子已经发芽,长了出来,把他拉进一个噩梦幻景。循环的不是空间,而是自己根本没有上楼,而是在原地打转?

杜宇走进分析室,从里面掏出一张纸,在上面写了一个"六"字。这是第六层么?他搞不清楚,想要仔细想一想,回忆起来却突然有一种自己爬了无限次,已经爬了不知道多少年的感觉,像是进入了炼狱里的循环,无休无止。

六吧,就当是六吧,管他呢。

走到密码锁前的时候,他找了一个缝隙,将纸条插了进去。

070813,开门,上楼。

杜宇三步并作两步,撞上了一把位于道路中间的椅子,一阵乒乓乱响,他这时候也顾不上会不会引人注意,慌忙冲过去,到了密码锁前。

还好,锁面板缝隙上没有那个纸条。

这实际上并没有解除杜宇多少疑惑,但这时候他脑子里已经再也塞不下新的念头,甚至连新的恐惧和妄想都没有空间了。到这个禅院二十四小时不到,各种纠缠层叠,彼此否定又彼此支持的可能不断扑入他的头脑,每一个都好像是对的,每一个又好像是错的。

这时候,甚至自己能不能活着离开,能不能揭穿禅院的真相,能不能救下这些被洗脑的居士,都变得不重要了。

杜宇这时候只想要一个了断。

就在他以为自己还要无穷无尽地继续爬,哪怕爬到断了膝盖,髌骨从腿上穿出,也要用两只手继续爬下去,最后会四肢血肉模糊地死在这个孤悬回环之塔时,台阶处出现了一道门。

四面封得严严实实的,只有这一道门。

深吸一口气,杜宇推开门冲了进去。

"杜大记者。"听到开门的声音,庄博士从桌子上抬起头来。他并没有露出太多惊讶或者疑惑的神情,似乎对杜宇的到来并不意外。庄博士伸了伸脖子望向杜宇身后,镇定地说,"早安。这也太早了点,方记者呢?怎么没看到方记者?"

"方记者?"杜宇一边小心环顾四周,一边套庄博士的话,"我没有见过啊,来贵院的不是只有我一个记者么?"

似乎这房间比下面的要小很多,不大的办公室显得很空旷,除了当中的办公桌、旁边的几个书架和黑板以外,就只剩下一个标准的神经全感知操作室。外面的阳台能看到楼外,再没有别的空间了,似乎这一层的面积只有下面的四分之一不到。

庄博士的办公桌上放着一把手枪,但他的手不在桌子上,眼睛也没有看那枪。

杜宇在等庄博士的回应。

如果"方七"真是禅院的人，那他的阴谋败露一定也会让他有所反应。如果不是，那他搅乱自己思想的诡计已经得逞，怕是也该露出真面目了。

无论如何，得有一个了断。

"您这次的发现，比我想象得要晚。"庄博士点头，"他们也越来越摸得清门道了呢。"

杜宇一开始以为庄博士这是承认了方七是他的人，但后面半句却让他更糊涂了，他紧盯着庄博士的手，说："他们？他们是谁？"

庄博士没有回答他，反问道："您怎么处置那个女孩子的？"

处置？杜宇脑子里突然闪出那个梦。"关在楼下了，放心，我没对她怎么样。"姓庄的想要自己对她怎么样，还是不对她怎么样？

"关？"庄博士轻轻摇头，"靠这个禅院是关不住她的，能解决她的人只有您，我们试过很多次了。"

杜宇开始完全听不明白庄博士在说什么了。他想要真相，但发现庄博士说的话让他更糊涂、更混乱了。如果是之前，他会去思考这人在说什么，是什么意思。"他们""之前""很多次"到底意味着什么，但是现在他脑子里已经容不下任何新的东西，他呆呆地听着，像个超载的处理器，对新信息再无响应。

庄博士站了起来，杜宇反射性地以为他要拿枪，但庄博士手都没有抬,只是从办公桌后面走了出来。"好吧,既然这样,看来留给我们的时间也不多了。"

他打了一个响指,楼下立刻传来了脚步声。杜宇大惊,他上楼的时候没看到一个人,这时却只是一个响指就马上有人听命现身,而且听声音不止一个人,显然自己的行踪早就被牢牢掌握,他们挖了这整个陷阱等着收网。

两个壮汉走上楼,没有马上走上前,而是一左一右守在杜宇背后,他没了一丝逃脱的希望。

知道无望,杜宇心中反而恢复了一丝平静。"既然这样,在最后能回答我几个问题么?"

庄博士点了点头,壮汉朝他靠了过来。"方七到底是不是你们的人?"

两个壮汉笼住他的肩膀,庄博士推开一旁神经全感知操控室的门,把他们让了进去。"看来这一次,您明白的东西,比我想的还要少。整个禅院里,只有那个女孩不是我们的人。"

他们把杜宇按在了椅子上,用捆束带固定了手脚。这话一出,杜宇就感到心头满是懊悔。但这时候他也明白什么都来不及了。若是这样,方七并没有编造了像贤三师兄的人影这个谎言来骗自己进这藏经楼,那么那个人影是谁?

"她看到的那个像陈贤三的人,是你们派人假扮的?是不是?"本来心中笃定的一切,现在都变得飘忽了。他清楚地记得自己击毙了贤三师兄，但现在，那会不会也是被洗脑的幻觉？

"根本就没有那样一个人，她骗你的。"庄博士头也不回，伸手问人，"镇定剂。"

杜宇突然想起了什么："姓庄的，你给我写的那个字条是什么意思？你为什么要叫我逃？"

"字条？"庄博士看了他一眼，走到他身边，杜宇已经被牢牢捆在椅子上，不得动弹，"什么字条，什么逃？"

杜宇用眼睛示意了一下自己前胸的口袋。庄博士伸手从里面掏出两张字条来。

一张是"逃"字，一张是"边"字，庄博士看了一眼。

"'边'是我写的，我记得，'逃'可不是我写的。"

"不要再骗人了。"杜宇说，"这两个字的走之底一模一样，而且笔画弯折明显都是出自一个人之手。边字既然是你写的，逃也是你写的。我完全不明白这一点。既然你想要抓住我，给我洗脑，为什么又要让我逃？！"

庄博士摇了摇头："你说得没错，字迹确实跟我的一模一样，但那确实不是我写的。"

杜宇暴怒了，在已知无望的情况下，他所有力量都纠缠进了这个看似无关紧要的细节里，好像用这一个字就能寻出无限可能，在这样的情况下翻盘，恢复自由，然后干掉这几个人，然后毁掉这个禅院一样。"什么叫跟你的字迹一模一样，又不是你写的？"

杜宇突然脑筋一转，紧紧盯着庄博士的眼睛，声音柔和了许多，"你想想，也许你以为不是你写的，但是实际上在潜意识里，你并不想对我出手，所以你写下这个字，警告我，这才是你……"

"我的大记者……"庄博士摇了摇头，"您这办法对我没用，别折腾了好么？"

杜宇依然柔声说着："世上不会有两个人写字一模一样。我知道，你其实不想做一个坏人，只是不小心走错了路，没法回头，所以潜意识里……"他说着，不知道为什么眼睛有些湿润。

"哎哟。"庄博士恼火地叹了口气，抓过两张纸条，然后又拿了一张白纸和一支笔。他走到杜宇右手方向，解开了他手腕上的一个束带的捆扎，然后把笔塞进杜宇手里，把纸垫在他手下面。

"写一个逃字。"庄博士说，旁边的设备启动起来，杜宇脖子被固定住，套上了一个满是电线的头笼，庄博士操作了一下，让他的头可以低下来，看到自己的手。

"你什么意思？"杜宇不明白。

"写就是了。"

杜宇一阵心慌，为什么要他写字？他突然想到一种可怕的解释。他先写一个逃字，然后姓庄的给他洗脑，洗脑之后再写一个，新写的逃字也变成了跟在采访机下发现的逃字一模一样。而现在这个逃字，就是自己作为杜宇存在留下的最后的证据。

"不，不！"杜宇想要丢掉手上的笔，但自己被捆得太紧，就算松手笔也还是搭在掌心。

"唉……"庄博士叹了口气，轻声说，"总是给自己添麻烦。"说着他向一个壮汉伸手，壮汉本来在准备设备，走过来，从口袋里掏出一张黄色的纸。

"认识么？"庄博士问。

当然认识，上面写着"六"，爬楼的时候插在六楼还是七楼的密码锁里。

庄博士把这张纸按在另外两张字条中间："看出什么了么？横条上的幅度，弯折回勾得很怪，对吧？"

是的，六、逃、边，都是这样，尤其是长横，基本写不直，歪七八扭，不像是成年人写中文的笔迹。

三个字，都是一样的毛病，一样的字迹。

杜宇脑子嗡地懵了。"逃"字是他自己留给自己的？不对，那"边"字呢？他亲眼看见庄博士写给他的！

他感觉到莫大的恐惧，拼命想要缩成一团，无法控制地发抖。但束缚带把他死捆在椅子上，迫使他用最脆弱的姿势展开在其他人面前。

庄博士没有理他，说道："这字很丑，以中国人的标准，横不平竖不直，但这没办法，因为不是普通中国人写汉字的笔迹。写字的人没有怎么练过中文，小时候根本就没写过中文。"说完，他像变魔术一样从自己口袋里掏出又一个字条，压在其他几张纸上面，"他以前写的都是英文，就像这样。"

"Family0708"。

杜宇在财务室里发现的那张电脑开机密码贴。

"好了,别给自己添麻烦,时间不多。"庄博士不再废话,指挥着两个助手把设备一一接通。

"你们没法给我洗脑,我有防护屏障系统……"杜宇喃喃地说,他甚至好像不知道自己在说什么,像梦游一样,意识已经脱离了身体。

庄博士凑近前:"我的大记者,我们确实不能给你洗脑,我们根本就没法在这里给你打开 Inner Universe,但不是因为你有防护屏障系统,你根本就没有那东西。"

杜宇恍恍惚惚听到这话,已经意识混乱的头脑并没有明白他在说什么。只听到设备运转了起来,房间里透光的窗户紧闭落下,室内黑了下去,然后外面传来设备嗡嗡轰鸣的声音,光开始变幻起来。

恍惚之间,杜宇只觉得已经快爆炸的头脑轻松了一些。一个又一个让他感到无比恐惧的思绪和念头都开始变淡了,从脑海里褪去。好像在做舒眠按摩一样,传来一阵复杂的幽香,自己在哪里,发生了什么,都渐行渐远,越来越不重要了。

然后一声巨大的轰鸣声打破了恬静,他惊恐无比地睁开眼,看见方七一脚踹开门,铰链碎裂,门像纸牌一样整个飞了出去,拍在一个壮汉助手身上,那人当即就晕了过去。

另一个助手想要近身,方七冲上两步,斜身一滑,从他的腿下钻过去。她势不可挡，停在杜宇手术台下面，也不起身，从旁边抄起一把手术刀，划断了杜宇背上的紧束带，这才一蹬椅子脚，跳了起来。

助手这才转身，又朝方七扑过来，杜宇挣脱了束缚，挣扎着要起身，椅子却被方七抬手一转，瞬间转过九十度，一脚就连椅子钢架一起踹在助手肚子上，这人也应声倒了下去。

见势不妙，庄博士转身从门洞里往外走，这时候杜宇才爬起身来。低头，就看见方七腰间别着一把枪，正是之前庄博士放在办公桌上的那把，也不多想，他伸手就摸向方七腰里，抽出枪来，朝着庄博士背后压低一寸就开了一枪。

子弹打在地板上，穿了下去，枪声一响，庄博士就停住了脚步，不敢再动弹。

杜宇本来想问方七是怎么从下面被锁的房间里逃出来的，既然她不是禅院的人，肯定就不会有人来救她。

但这个时候，他只觉得这把枪趁手得很，再熟悉不过。他望向这把枪，认了出来。

FBI定制款斯普林菲尔德武器局型战术手枪，枪身滚花有划痕，横着两道。

他用过这把枪，杀过人。

十四

"别动!"杜宇大喊,"都别动!"他回头拿枪指着方七,"尤其是你!你到底是什么人?"这个女孩身上有太多秘密,虽然现在她不是庄博士的人,但也明显不会是通讯社的摄影记者方七,那干净利落的身手,别说记者,特警里也找不出这样的人。

方七对着杜宇温柔地笑了,却没有听他的,完全无视那把指着自己的枪,穿过门,朝庄博士走去。杜宇能怎么办?他还能真开枪?

他只能跟着走了出来。

庄博士慢慢地转过身来,神色里并没有一丝慌张。虽然现在手下全灭,自己被枪指着,但他似乎满不在乎。杜宇喉头发紧,他想起曾经用枪指着贤三师兄时发生过的一切。

"在哪里?"方七问庄博士。什么在哪里?还是谁在哪里?

"那可不是你说了算。"庄博士平静地答道,望向杜宇。

"谁……谁说了算?"杜宇问。

庄博士没有说话,只是静静地看着他的眼睛。杜宇没有对视的勇气。方七退了回来,轻轻抚上杜宇的肩膀,说道:"你想知道真相对不对?"

"你到底是谁!你到底是什么人?这到底是怎么回事!"杜宇慌忙把枪对准方七,枪口抖个不停。方七伸出手来抓住了枪口,慢慢地把它压了下去。杜宇没有反抗。"想知道真相,那你就问他,在哪里?"

"什么在哪里?"杜宇说,"你要我问什么在哪里?"

"你只管问就是了。"

"在……在哪里?"杜宇扭过头,问庄博士。

"您确定要知道?"庄博士回答。

"我要知道。"

庄博士点了点头,又摇了摇头,疾步向前两步。

"站住!不准靠近!"杜宇枪指着庄博士的脑袋。庄博士举起双手:"我得再往前走一步,才能指给你看。"

杜宇朝后退了一步,保持安全距离,才用枪示意他上前。庄博士站在空旷的房间中间,举起手,指着上面。

"你要的,都在这上面。"

这上面？杜宇抬头看了一下，这是藏经楼的最高一层，头顶已是斗拱的梁，再往上就是外面的飞檐，他更不知道说的是什么了。只是能藏在这里的，应该是个不大的物件。

庄博士指着墙角的一副木梯。"梁上有个木橛，按下去就是。"

"那你去。"杜宇指着他。

庄博士叹了口气，看了方七一眼又回过头来："这东西只有你才能打开。"

"是的。"方七也回应道。

杜宇脑子空空的，看着庄博士取过梯子，搭在梁上。然后他就像在梦游一样踏了上去，伸手能够到梁的时候，右手摸到了梁后，果然，一个木橛。

他按了下去，那东西不像个木橛，倒像个按钮，然后头顶上灰蒙蒙的屋顶居然像一扇门一样拉开了。

门里是朦朦的黑，本应该是塔上斗拱飞檐瓦顶的地方，却连着一个不知道多大的房间。那黑色像深渊一样吸引着他，杜宇顺着梯子爬了上去。

方七和庄博士也跟了上来，然后这扇朝下的门被关上了。

房间像是弥漫着很浓的雾，什么也看不见，但空间似乎无穷大，扩展出去。

"这里有什么？"杜宇有无数个问题，但他最后还是问了最简单的一个。没有人回答，但是雾开始褪去。

一个巨大的透明罐子出现在杜宇面前，足有三四米高，两米的直径，罐子下面触手一样的粗大管子蔓生着，朝四面八方无休无止地长出去，如贯穿天地的巨树之根。房间在哪里、空间有多大的意义都不存在了，整个宇宙中似乎只有这一个罐子和从上面长出的须蔓，而方七、杜宇和庄博士倒悬在空中，在罐子面前。

杜宇并不关心这些，他看到了罐子里浅黄色溶液浸泡的那个裸体的男人，漂浮着，身材瘦长，眼睛闭着，马尾辫子末端散在溶液里。那就像标本室里用福尔马林泡着的尸体一样，唯独他眉心并没有一颗子弹留下的痕迹，还活着，胸口心脏有力地跳动着。

"不可能，"杜宇怔怔地说，"我杀了他，用这把枪……"他低头，拿起手上的枪，举到自己面前。然后他转过身来，对方七说，"我杀了他，这是谁？这是什么？"

他又望向庄博士："你们克隆了贤三师兄？你们疯了么？你在干什么?！"

庄博士却回过头，望着方七，露出胜利的微笑。"恭喜你，走到这里，但是看到了并不是你想要的结果。"

方七没有理会他，走向杜宇："你还是什么也想不起来么？"

杜宇不知道她要自己想起什么，茫然摇头。

"你记得你杀了陈贤三，对不对？"

杜宇点点头。

"好，那些是你的记忆，我告诉你一遍我知道的，关于陈贤三邪教的情况，可能跟你的记忆有一些不一样的地方。"方七说。

"最初的警方记录，是一个人口失踪报告，失踪人叫陈贤三，加州理工学院神经生物学博士，美籍中日混血。失踪前据说他跟自己的导师有过非常激烈的冲突，指责导师剽窃他的研究成果。调查没有实质结果，没有证据证明包括他导师在内的任何人对他有加害的可能。

"一年之后，陈贤三的导师突发癫痫死亡。"杜宇的脸抽搐了一下。

"五年之后，联邦税务局提供给FBI一个重要情报，上百名亿万富豪资产动向存疑，数额巨大到如果通过特定途径使用，足以危及国家安全。FBI和NSA（美国国家安全局）涉入调查，后来发现这些资产都牵涉一个叫陈贤三的美籍亚裔，也就是六年前在加州理工学院失踪的那个人。随后NSA确认不涉及国家安全，撤出调查。

"FBI调查花了整整一年多时间，NSA撤出以后，FBI也有一段时间没太把陈贤三当回事，直到他们发现派出调查的探员回报情况跟无人机和其他技术侦查手段得到的情报完全对不上号，所有探员无一例外地全部叛变，成为邪教组织成员，甚至陈贤三还利用探员打入了FBI内部，反而成为他的卧底。光内部清理、重建调查组的工作就花了整整半年时间。

"在NSA撤出调查，FBI独立调查一年零八个月之后,FBI对邪教组织位于堪萨斯州附近的大本营进行了突击围剿,死伤极为惨重。尽管估计到邪教组织可能采取极端抵抗,但还是没有想到普通教徒也会像傀儡一样拼死战斗,探员有少量伤亡,大约五分之一的教徒在交火中丧生,场面极为恐怖,只要还能动,就算身中数枪,他们也会像僵尸一样不停攻击。

"这还只是伤亡的一部分,就在FBI以为已经取得了最终胜利的时候,在陈贤三的自杀指令下,剩下的一半教徒吞枪自杀。"方七没有看杜宇,自顾自地说,"FBI用最快的反应阻止了不到五分之二的教徒——一共是九十七个人——自杀,但是很快又有十五个人死掉,场面远比吞枪自杀更恐怖,他们能用任何工具杀死自己,如果没有工具,还有手、脚和牙齿可以用。"

"最后被重重保护起来的八十二个人已经被捆成了植物一样,就算这样,在一周内还是有三个人自杀成功。"

"所以……"杜宇问,"你是说,我不知道还有七十九个人活着?"他转念一想,"可那都是五……六年前的事情了,难道这些人就一直这样?"

方七没有正面回答。

"你记得你击毙了陈贤三,对吧?"

杜宇望着面前透明罐子里的肉身,不敢点头。

"在你的记忆里,你是这么认为的,但这并不准确。你杀死了陈贤三,但是陈贤三没有死。"

杜宇困惑地看着方七:"你……在说什么?"

方七犹豫了一会儿。

"你跟我说过,陈贤三真正的秘密,都在他自己脑子里,他找到了一个办法,拓展自己大脑后,找到一个途径,像保险箱一样把那些复杂的数据一丝不差地存放在他头脑里。只有他自己才能拿到,你还记得吧?"

"对,所以他死的时候,没有人能解开教徒脑子里的自杀咒语。"

"他,"方七指着庄博士,"和你都说过同一件事,通过神经后门拓展,在人意识里面创造的 Inner Universe 效果本身是十分有限的,要藏下这些东西,不是陈贤三展现给别人的技术能做到的。"

"那不是技术的问题,"杜宇说,"不仅仅是技术的问题。Inner Universe 的创造不是一个医生操作植入你头脑的手术,而是需要受术者靠自己对自己心智头脑、神经的理解,用自己的意志来构造 Inner Universe。技术只是材料供应商,受术者自己才是真正的建造者。"杜宇问道,"我不明白,你提这些是想说什么?"

方七还是没有回答这个问题,继续说道:"所以绝大多数体验者创造的 Inner Universe 都非常弱,很多都只停留在增强一些现实的细节的水平上。但陈贤三不一样,一方面是对那些秘不示人的技术的掌握;另一方面,是他自己的心智相应不断地训练、拓展。在这两方面上,他都远超了这个世界上的其他人。所以,他利用神经后门拓展技术创造出超乎想象的 Inner Universe,把他的秘密藏在里面,形成了一个完美无缺的绝密死循环。"

"没有陈贤三的技术,就无法窥探他的 Inner Universe,窥探不到他的 Inner Universe,就得不到他的技术。"

"你击毙了陈贤三,这个环就完全闭合,封死了。"

杜宇点头,但还是没有明白为什么会提到这些事情。

"这就只剩一个问题。"

杜宇心脏狂跳起来。

"根据 FBI 的档案记录,他们在邪教大本营的马圈里活捉了陈贤三。"方七盯着杜宇,"那么,你是在哪里杀死的陈贤三?杀死陈贤三的你,又是谁?"

干草的味道。

他小心翼翼地推开门,朝身后望了一眼。远处传来两声枪响,然后是更激烈的对射。

比他想象的动作更快,他必须抢在前面。

跑了很长一段路,心跳很快,手都已经在发抖。低头看到手上的枪,他没有真正用过,用了很大力气才重新握住它,他闪身跑进去。

马棚里很阴暗,他没有开灯,慢慢往里面摸过去。一匹栗色的母马打了一个响鼻,他上前牵住它的缰绳,让它安静。可能是动物的本能敏感地感觉到了危险,母马有些焦躁。他不记得这马叫什么名字,他不是很关心。

他知道要找的人就在马圈里。说不清是为什么知道的,他小心翼翼地翻开旁边的草垛,旁边有杂乱的痕迹,像是有人躲了进去。他一手握着枪,一手将草掀开。

里面什么也没有。

一个洞,太大了,太明显了,太空了。

头顶上传来直升机的螺旋桨声,他转身看了一下马圈的门,一时不知道应该关上还是放着不管。

赶在FBI人前面,找到陈贤三,杀死陈贤三。

FBI的人来得太快了。陈贤三绝不能落在他们手里。

他回过头去,关上了仓库的门,放下门栓,推来满是工具的推车堵在门后。他完全不是干这个的料,慌乱之中,车还翻倒了一次。

要找一个安静的地方。所有的感官控制室都已经被占领了。枪声和喊叫声离得虽然远,却声声入耳。他控制着自己,关闭了一些感知,调整自己的呼吸,调整心跳。

枪放在一边,他用叉车在已经堆码好的草垛中推出一道仅容一人的缝隙,小心翼翼地从上面爬上去。爬到一半,他想起来枪,又爬了出来,把枪揣好,重新爬了回去。他一边爬,一边抹掉痕迹。

跳下那道缝的时候,他差点又摔倒。这时候他整个人被幽闭在一个不容转身的草垛缝隙里。他看着手里的枪,枪把滚花上的划痕印在手上。枪是从第一个来卧底的FBI探员手里拿来的,他是自己的贴身保镖,如果不是他,自己已经落在了FBI斩首特遣队手里。

他摸着这个滚花,知道这把枪在杀死陈贤三的时候一定会派上用场。

外面的声音越来越近。

希望能有足够的时间,来杀死他。

枪在杜宇手上,他慢慢地翻过枪把,看着滚花上那两道划痕。

"你……你在说什么?"他说,"我击毙了贤三师兄,我记得很清楚。你真以为你用这些话能搅乱我的脑子么?你想做什么?让我以为自己疯了,或者是被洗脑了?我是这个世界上还活着的人里最了解神经后门操纵技术的人,你以为这样就能……"

"你说的没错,你是这个世界上最了解神经后门技术的人。"方七说,"只是你不是你以为的那个人。"

"不……不,不,你,你们!"他用枪慌乱地左右指了方七和庄博士,"放我出去!你们想对我做什么?!"

"你说,陈贤三和你父亲因为剽窃撕破脸的时候,你正好撞见,对吧?这件事情你印象应该很深。"

"嗯。"他点头,"没错,没错!我亲眼见到的。"

"那么你父亲当时的样子,你应该记得很清楚。"

他想起父亲当时的样子,满脸无赖的嘲笑,深陷的眼眶让眼纹像射线一样铺到了整张脸上,保养得当的脸翻出底子里低劣的恶意,变得一脸都是褶子,变成了他完全不认识的另一个人。

"你记得当时陈贤三的表情么?你能回忆起当时画面

里陈贤三的脸么？不是他的脸长什么样子，而是你最深刻的记忆画面里，有陈贤三的这张脸么？"

"他很愤怒，牙都要咬碎了，他咬牙用尽了全身的力气……"他突然停住了。

"嗯？"方七问他，"用尽了全身力气？"

他的眼睛失去了焦距，抬起右手，摸在自己的腮帮子上，"……腮帮子……都咬酸了……"

"你明白了么？"方七问道，"现在告诉我，你是谁？"

他两眼混沌地看了方七半天，"我……"好像什么东西翻涌出来了一样，他看见罐子里的那具肉体手指动了一下。"不……不！"他突然大叫起来，"你们！你们不要想把我绕晕。这是一个陷阱，你们从昨天起就开始用神经后门注入想扰乱我的头脑。我不知道你们是中午开始的，还是下午在那个小房间里开始的，但是我知道……"

"宇哥！宇哥！听我说！"方七厉声打断了他，"你的头脑可能是这个世界上最顶尖的，但是光靠自己一个人的头脑，也是没有办法创造出细节完美无缺的虚构人生的，所以你找到了一个几乎完美的解决办法，设计了一个闭环逻辑：有人得到了陈贤三的技术，然后要加害你，给你洗脑。任何出现纰漏的细节都可以被塞进这个框架里，所以只要你拒绝承认，那所有的漏洞就都是别人给你洗脑进去的，你就可以立于不败之地，你明白么，宇哥？"

"你在说什么？什么虚构人生？你是什么意思？"

"你有没有想过,为什么禅院用'家人'来称呼你的时候,你的反应那么强烈?为什么他们要用家人来称呼你?"

"因为他们是邪教啊!我为什么要被邪教的人当作一家人?他们是骗子啊!他们无论用什么冠冕堂皇的词我都会觉得无比恶心!"

"不,你不会。"方七说,"你自己不觉得奇怪么?陈贤三害死了你父亲,也让你的神经系统出了问题,为什么你一点也不恨陈贤三,口口声声还叫他师兄,却那么恨自己的父亲?就算你父亲剽窃陈贤三的成果成功,他就那么罪大恶极,一切都是他的错,陈贤三在你心里却那么无辜?你不觉得不符合人伦常理么?"

"我……"他愣住了,"因为……"他想说是他害贤三师兄走错了路。

"为什么你不记得陈贤三的脸,为什么你恨你父亲,为什么你那么恨别人假惺惺地叫你家人,包括为什么禅院非要说'我们是家人',哦,对了!"方七像变魔术一样从口袋里掏出几张写着字的纸,展在他面前,"包括为什么'逃''边''Family',还有你这次自己写的这个'六'字,都是一个人的笔迹。对,不用这样看着我,我太清楚这些了,这不是我第一次看到这些东西,这一切都只用一个原因就可以全部解释,你还不肯接受么?"

摇头,他最开始是缓慢地摇头,然后就觉得眼前的这一切疯狂地膨胀、撕裂,脑子里像要爆炸一样,他拼命捂住自己的脑袋。"不!"

罐子里突然应声发出强烈的光,像要把一切吞噬掉,令其融化一样。方七并没有住嘴:"神经后门拓展技术是能让人在头脑里创造出一个宇宙,但从来没有人能做到这一点。第一,能做到这点需要的技术还没有被掌握;第二,是就算掌握了所需要的技术,受术者也必须拥有对应的想象力、意志力、操纵自己精神的能力,所以从来没有人有能力在自己头脑里创造一个足以独立、可以运转、可以以假乱真的世界。世界上只有一个人可能掌握了这样的技术,世界上也只有一个人可能训练出所需要的与之对应的头脑,这两个人是同一个人——陈贤三,Kenzo Chan。"

整个空间摇晃起来,罐子已经淹没在光里,但是隐隐传来什么东西碎裂开缝的声音。

"请你停手。"庄博士的声音不大,但并不是请求或者商讨的口气。

方七没有理他,朝他一抬手,像是被压缩的空气喷射出去一样,眼前的空间波动了一下,一股激波凭空生成,朝庄博士打过去。庄博士抬手护住了身体,激波把他的衣服猛地吹了起来,他被顶得往后退了半步。

"在下面,我是拦不住你的,但是在这个地方,你应该重新评估一下形势。"庄博士说着,平抬起双手,罐子深处蹿出一道电光,跃过庄博士的手臂,一抖,朝方七劈了过去。方七像被炮弹炸飞一样弹了出去,然后瞬间空中凝出一圈圈橡胶状的环,把她从四肢到全身都捆在中间,钉在了空中。

杜宇呆呆地看着这一切,直到看见方七被钉在空中,四肢的环拉得她痛苦得挣扎起来,却用不上力,这才反应了过来。"住手!"他喊道,"放她下来。"他抬起了枪。

"开枪……"方七艰难地向他求助。庄博士看着杜宇,没有住手。"不要给自己添麻烦。"他说。

方七发出一声惨叫,杜宇举起枪,朝庄博士扣动了扳机。子弹穿过庄博士胸膛,他应声倒地,方七这才落了下来。

就在他不知道自己应该去查看庄博士的情况,还是去看方七的时候,背后的地板掀开了一个洞。那是之前他们爬上来的位置,庄博士一步步地爬了上来,毫发无损,杜宇回过头,庄博士倒在血泊,血已经淌出很远。

"那么我确认一下,你要听她继续说。"庄博士一边爬,一边说。杜宇哆哆嗦嗦地把枪口对准庄博士越爬越高的脑袋,但他害怕的不是这个人,也不是因为他死而复生。

"我,我要听她说!"杜宇回答。

听了杜宇的话,庄博士垂手侍立在一旁,不再开口。杜宇呆呆地看着这个"邪教首领",方七支撑着爬起来,再次开口的时候,他被吓了一跳。

"陈贤三在自己的 Inner Universe 里创造了一个真正的宇宙。没有外面的宇宙那么大,但是足够容纳他自己。

最开始这个宇宙很小，只有几平方公里。为了不让这个宇宙看起来太假，陈贤三把它做成悬在山间、与世隔绝的模样。因为中日混血的缘故，他顺理成章地把这个地方做成了一个禅院，然后把自己最重要的秘密，也就是神经后门最重要的知识和技术都藏在这个禅院里。

"一方面是因为当时他能力有限，另一方面也是为了更好地保护自己的秘密，禅院里所有的'人'并没有独立的人格，都是陈贤三自己意志的某种切片。他们自称一家人，实际上彼此的关系远比一家人更接近。

"禅院作为这个全新宇宙的起点，跟后来扩展开的整个宇宙相比要粗陋很多，漏洞和问题也很明显。但作为保险箱，却绰绰有余，因为这里所有的一切都是陈贤三自己，都在本能地守护自己的秘密。除了陈贤三自己，就算有人能闯进他的大脑，进入这个已经变得宏大无比的 Inner Universe，就算能找到这个宇宙的中心，这个禅院，他也没法跟撒豆成兵的陈贤三军团对抗。比起这个，禅院的漏洞不值一提，比如这里每个精神碎片都跟陈贤三一样只会写英文，汉字写得稀烂。

"禅院只是开始，陈贤三对自己的 Inner Universe 掌控得越来越好，那个世界也越来越真实。但这不是陈贤三的最终目的，他是一个亚裔，对当创造世界的上帝并没有太大的兴趣，他的兴趣还是自己，掌控、理解、重塑自己。"

方七看着杜宇。"创造出自己想要的宇宙，为了安置自己想成为的自己。"

杜宇整个人都在发抖,问道:"什么样的自己?"

"一个没有被背叛的自己。一个如果没有那么好的才华,也许就不会被当作'父亲'一样的导师背叛的自己;一个如果没有被背叛,就不会被复仇的怒火带上了邪路的自己;一个善良的,什么都不考虑,只追逐真相的自己。

"他重塑自己的意识,努力想把这个自我完善起来。这是一个几乎无法完成的工作,要容纳自己绝大部分记忆,却要剔除所有自己厌恶憎恨的东西。怎么样创造一个既是自己又不是自己的自我呢?几乎不可能,但他还是找到办法,找到了妥协的途径。"

方七看着杜宇。

"随着这个新的自我越完善,陈贤三就越憎恨那个旧的自己。当那个新的自我基本完善的时候,他就下定了决心,要做一件事情。"

方七盯着杜宇的眼睛,杜宇的眼睛盯着方七的嘴唇。慢慢地,慢慢地,他跟着方七的嘴一起动了起来,说出了声:"要……"

"要让新的自己杀死旧的自己。"

他恍然。

"这个安排被FBI提前了,在他还没有准备好的时候……"

方七的声音变小了,慢慢远去。杜宇听到枪声、大声的呼喊声，外面直升机盘旋的声音忽大忽小，他躲在草垛缝里，将这些干扰一一剔除，把这些神经信号从自己封闭的意识里剔除出去。

他坐在草垛上，枪就放在身旁，闭上眼睛，再睁开。仓库的门吱呀一声被推开了，他看见马圈里有一些凌乱的痕迹，知道要找的人就在这里，也许就躲在草垛后面。要快，要赶在 FBI 之前找到他，干掉他。

小心翼翼地翻开旁边的草垛，旁边有杂乱的痕迹，像是有人躲了进去。他一只手防备着，一只手掀开。

里面什么也没有。

一个洞，太大了，太明显了，太空了。

他很急，时间不多了，他等不到那么久。他叫了起来："你是在找我么？"

他听到声音，往旁边一躲，靠在草垛上，谨慎地抬头往声音的方向望去。他在往右边看，自己应该悄悄地从左边绕过去，小心，不要出声。

看到了，他身边有一把枪，放在草垛上，自己要抢过来。他捡起一块石头，往对面用力丢了过去。知道石头会打在木板上，他坐在草垛上挪了下身子，转过头去等着木板发出声音，才刚一响，就听到身边一声摩擦，枪抢在了自己手里。

他抬起枪，指着他的眉心。枪口果然是黑洞洞的，能看到里面膛线的螺纹。

他微笑。

"有一件事情,我本来不想告诉你,但是我忍不住。对不起。

"开枪以后,这个地方的几百个人,所有的信徒,都会自杀,一起自杀。没有人,绝对没有人能阻止他们。也许今天你们能救下几个,如果你们反应够快,能救下很多个,当然,我不知道你们是什么时候摸进来的,所以……给你们算好点,今天能全救下来吧。

"但是他们的脑子里从此以后就只有一个念头:死。除非你们把他们裹成粽子,丢进橡胶监狱里,从此不接触任何东西。不不,我记错了,他们还是会死,他们会一口一口地把自己的肉咬下来,咬断自己的血管,再一口一口地啃掉骨头。

"我做了这样的事情,我也不知道为什么自己会想出这样恶毒的办法来,很自然地,我就是想到了。然后我发现自己能做到这个,很自然地,我就这样做了。等做完了以后,再想起来,我才发现不知道什么时候,自己已经是这样的人。

"如果是你,可能做梦都不会想到世上居然有这么恶毒的做法吧?"

仓库门的声音越来越响,有人开始撞门。奇怪,自己刚才不是已经打开门进来了么?

"来不及了。"两个声音一起说。

枪声响起,子弹穿过眉心。

杜宇困惑地看着手里的枪，不知道探员给自己防身的武器是怎么落到陈贤三手里的。

几分钟后，第一个信徒吞枪自杀，连串的枪声响了起来。

一个探员开着拖拉机撞开了马圈的门，母马嘶鸣着。他们很快就顺着干草的痕迹找到了陈贤三。

"发现陈贤三，活着，但是失去了意识！"探员对着通讯器大喊。

通讯器里没有回话，只传来一片尖叫声、哭声和混杂的枪响。

虚空中，罐子里白色的光像呼吸一样明灭变幻。方七满眼关切地望着杜宇，轻声唤他："宇哥，宇哥？你想起来了么？"

杜宇突然触电一样跳起来，端起枪口指着方七："你是谁？！你到底是什么人？！"

"把枪放下。"方七说，"如果你真的想抹掉我，在这里你不需要用枪。"

"回答我！"

"有必要吗？"她轻轻摇头，"你早就明白了，何必要我说出来？"

"说出来！"

方七叹了口气："我是联邦调查局探员，特种技术支持分部的方七。"

"所以，从头到尾都在骗我的人，是你！"

"我没有选择！我们只能这样做。"方七看着杜宇，"还有七十九个信徒活着，像粽子一样被捆着，如果找不到救他们的办法，他们全都会自杀。那是七十九条人命！"

"那你找我有什么用！"

"能救他们的，只有陈贤三。"

"可……可我不是陈贤三……"杜宇摇头，"我不是……"他脸色惨白，额头上的汗像下雨一样。

方七走到杜宇面前，握住了他颤抖的手。

"我知道你不是，但是我们已经没有别的办法。我们需要他醒过来。"她指着罐子里泡在溶液里的肉体，"只有他才知道这个秘密，只有他才能救活这些人。"

杜宇看见方七眼角流下泪来。

"你为什么在哭？"

方七脸上的泪水默默地流下，仰着头望着杜宇："我明白你的感受，我明白你的痛苦，我知道你不愿意成为陈贤三，我知道这是一个卑鄙无耻的要求，但是我们已经没有别的办法了。"

"你什么也不知道！"杜宇大叫，"你是一个骗子，一切都是你演的戏，够了，收起来吧！为了骗我，你什么都做得出来，你……"

突然，旁边一直没有开口的庄博士说话了。

"我的主人，实际上，她还真的明白。"

"她能明白什么？"杜宇指着方七，"一个刚跟我认识一天的人能明白什么？所以你跟我上过床，然后你就什么都懂了？"他对方七骂道，喊出这句话的时候，突然脑子里过电一样一闪。

不知多少个方七的脸出现在他的记忆里，不知多少个声音、多少个日夜和身影闪回一样串了起来。像一道闪电打在眉心，他却在胸口感到一阵撕裂的剧痛。

"不是一天，我的主人。"庄博士说，"是很多天，一百七十三天。"

杜宇瞪大了眼睛。

"您并没有 Déjà vu 的毛病，这些大量重复的记忆靠我没有办法完全消去，所以您为这个加一个解释，给自己加了一个 Déjà vu 的毛病。您不是因为 Déjà vu 才觉得自己见过，您是真的见过。

"FBI 没有办法把陈贤三从你的意识里强行逼出来，但他们找到了影响 Inner Universe 的办法，所以他们只能一次次把你诱导到禅院里，让你去寻找陈贤三。最惨的是我们禅院，他们的每一次失败我们都要来收拾残局，清掉您的记忆。"

一百七十三天？杜宇看到方七，他跟这个女孩重复着初见、结识的剧情，直到最后被背叛，重复各种各样的版本，足足一百七十三次。自己所有的幻觉都是真的，他明白了为什么从第一次见面就觉得她那么熟悉，也明白自己为什么会梦见把她赤裸裸地掐死，扔进山崖——他做过，而且他现在也想这样做。

他终于明白了为什么梦里自己止不住地流泪。

一切都如剧本一样，一次又一次地排练、重复，方七就如同一个不断读档的玩家，操纵着自己，让他走向FBI想要的那条道路。这就是为什么方七欲拒还迎地指引着他寻找自己要逃避的一切，为什么自己会向一个陌生人吐露自己最隐蔽的秘密，他们在这一百七十三次里纠缠着，被利用，做爱，被杀死。

然后他爱上了她，爱上这个无数次相遇如初见一样的傀儡主人。

他清楚，方七也爱上了自己。他不知道自己曾经在方七面前展现过多少自己，但是在一百七十三个失败的剧本里，她翻遍自己心灵的每个角落，抚摸过了每个伤痛的疤痕。这个女人比他自己更了解自己，他回忆起相互的抚慰和触摸，明白那代表的意义。

方七说，对，她爱他，明白自己，但是自己却不明白方七。

更重要的，是他不明白自己。

他究竟是谁？

玉米地的枪声远去。

穿过眉心的子弹拉着长长的血丝，那些血丝长起来，变粗，变大，像管子一样盘卷起来，向四面八方伸展开去。陈贤三的尸体像是一颗种子，被包裹了起来，根和茎一样的管子把这个空无一物的所在撑开了，裂出一条缝。

有如千亿颗核弹同时炸开，无尽能量涌了出来，吞噬一切，玉米地、美洲、地球，所有的一切变成了尘埃，慢慢地，慢慢地，才重新凝聚了起来。

杜宇离开了美国，带上一个小小的包、一张机票，离开了美国，到了自己从未曾踏足过的祖父生长的土地上。他适应得很快，好像自己本来就该在这里，自己生长的美国只是一场奇怪的梦。他要当一个勇于探索、揭露真相的记者，当一个无冕之王，就像丁丁一样。

"陈贤三是这七十九个人唯一的希望。"

他恍恍惚惚听到有人说。他不知道自己在采访谁，也不知道从哪里冒出这么一句话。

那个人左右端详着他的记者证："杜宇……杜宇……你怎么叫这个名字，不对吧？你到底是谁？"

一双双怀疑的眼睛。

"我就是杜宇，我是一名记者。我就是杜宇，你看，记者证在这里！上面有照片，你看！"他掏出记者证，对着这些眼睛大叫。

方七看着他，脸上露出绝望的表情。

"集中注意力，"她握着杜宇的手，"看着我，看着我！"

"你是一个很善良的人，我比任何人都清楚。不要想自己，想想别人。过去的事情已经过去了，我们能避免事情变得更糟糕。"

杜宇突然冷笑起来，露出洞察一切的样子："不不不，你在骗我。我从FBI探员脑子里都看到了，你们骗我是想要这个技术，来给人民洗脑，来制造冷血无情的军队，来控制人们的思想。我都看到了，你瞒不了我。"

"那是陈贤三创造出来的借口和幻想！陈贤三为了保护自己的秘密，创造了这个故事！必须有一个足够强大、足够压倒一切的理由，来让善良的自己保护这个邪恶的秘密，所以他创造了这个故事，让自己相信无论如何都不能让秘密泄露出去，牺牲再大也不能。这是他的诡计！"

杜宇怔怔地看着她，双目失去了所有的神采。他喃喃自语，抱着自己的头。

"我不知道，我不知道……我该相信什么。我是谁……不对，我是杜宇，我是一名记者……"

方七抓住他的两只手，生生地把他的手拉了下来，强迫他看着自己。

"看着我！"她深深地吸了一口气，"告诉我，你叫什么？"

"杜宇……我叫杜宇。"

"你父亲叫什么？"

"杜醒。"

"在哪个学校当教授？"

"加州理工学院。"

方七又像变魔术一样从口袋里掏出一张纸来："这是

加州理工学院生物研究院所有教授的名单,里面没有一个人姓杜。"她指着上面的名字,"只有之前去世的教授,叫陈醒,而且他没有孩子。"

杜宇嘿嘿一笑:"你以为这些假造的东西就能骗过我么?"

"那么,陈贤三曾经告诉过你,他为什么会跟你父亲一见如故么?"

"Kenzo Chan……看名字,你也有华裔血统吧?"父亲那时候还年轻,贤三师兄那时候还在上高中。

"嗯,我爸是中国人。"

"那你姓的这个 Chan 是按香港写法的陈呢,还是按台湾写法的詹?"

"是陈。"

"哈哈哈,果然,跟我一个姓呢。我看到你的申请函就在想,这么好的小伙子,如果跟我一个姓,那可是太巧了。正好我没儿子,不知道能不能认个干亲呢,哈哈哈……"

他想起来了,这个记忆被封在了不知什么样的角落,也许是憎恨和愤怒,甚至连修改了细节都没有勇气想起它来。

方七继续说道:"你记不记得,你自己还问过庄博士,Inner Universe 这个词为什么连个翻译都没有?"

"这个词其实是有中文翻译的，陈贤三给出过中文用字，你是记得的。"

"贤三，中国市场这么大，你还是好好想个翻译好一些。你这几个汉字，我念起来都觉得尴尬。"

"我觉得这个汉字挺好的。"

"……我是不懂日文，说不定日文汉字是挺好的，但是中文……"

"真的很不好么？我还是觉得挺好的。"

"真的很别扭，要不你先放着吧。"

"我真的觉得挺好的啊。"

"那你还是多学学中文吧。"

他歪着头，看着屏幕上四个黑体大字：

杜撰宇宙

杜宇。

他想起十岁的时候，玩伴问自己的问题。

"如果等你长大，发现自己变成了自己最讨厌的那种人，你会怎么办？"

"那我一定会自杀！死也不要当那样的人！"

"可是要真到了那时候，你可能就不觉得自己讨厌，死皮赖脸也要活下去了吧？"

"才不会！"

　　罐子里，浅黄色的液体突然慢慢流动了起来，一串气泡不知以前藏在了哪里，现在终于躲不住，咕咕地冒了上去，披散着的头发被带动着，扬了起来。

　　那个标本一样浸泡着的肉体指尖动了一下，罐子上下的盖子同时放出微微闪光。那细微的光芒瞬间沿着管道传了出去，蔓生，交搭，串流着，向无穷无尽的远方极速奔去，它们变大，变成闪电，变成雷霆，拉出夺目的火光。

　　蓝色、红色的雷光像蛇一样游动在天际，雾笼岩禅院的人走出屋外，齐齐抬头看着顶上遮天蔽日的乌云，听见雷声隆隆响起。